壁とともに生きる

わたしと「安部

ヤマザキマリ Yamazaki Mari

NHK出版新書
675

プロローグ　壁とともに生きる

イタリアで出会った『砂の女』

安部公房は私の最も敬愛する作家である。折に触れ、これまでもテレビやラジオ、新聞・雑誌、書籍などのさまざまな媒体で、私はたびたび安部公房について語ってきた。漫画作品の中に彼をモデルとする作家を登場させたこともある。

これから初めて一冊の本にまとめる形で、安部公房という作家をめぐり、自分が感じたことや考えたことを述べていきたいと思う。私自身が特に好きないくつかの作品を紹介しながら、私なりの思いを込めて安部公房を語っていきたい。

十代の後半、私は留学先のイタリアで安部公房の作品に出会って以来、小説から評論・エッセイ、戯曲にいたる彼の文学を、私は貪るように読んで傾倒してきた。もしあの頃、安部公房の文学に出会っていなかったら、私は今とは違う考え方や生き方をしていたかもしれない。

そこで、まずは私自身がこの作家に入れ込むきっかけとなった、個人的な体験の話から始めたい。

私は十七歳で単身イタリアに渡り、フィレンツェのアカデミアという美術学校に留学した。その頃の私は、異郷の地で画家を目指しながらも極度の困窮状態に陥り、この世のものとも思えぬ不条理と向き合う日々を送っていた。文字通り「飢餓」状態の只中で、お腹が空いても食べる物がない。支払うお金もないから電気、ガス、水道のインフラは止められ、電話も通じない。

その頃、私はとあるイタリア人の詩人と同棲していた。当地に渡ってから間もなくしてできたその恋人は、そんな極度の窮乏生活のなかで友人や親族から借金を重ね、私が通訳などのアルバイトでお金を稼いできても、本やワインを買って瞬く間に使ってしまう。

詩人は詩人で、一表現者としてもがきながら、足掻《あが》くようにお金を使っているのだろうと私にはわかっていたし、お金は空腹を満たせても、メンタルへの栄養はお金では買えないことも私にはわかっていた。絵も文学も音楽も、お金にならなくても人間が野蛮化しないためにはなくてはならないものだし、経済生産性が低くても、誰かがやらなければならないものだという確信もあった。にもかかわらず、表現という職業を選んだ人間はこの世にいなくてもいいもの同然の扱いを受ける。そんな社会の有様に、私はいつも疑問を感じていた。

イタリア共産党の創設者のひとりである思想家、アントニオ・グラムシを敬愛するその詩人は、東西冷戦下の当時、「共産圏では画家だろうと詩人だろうと、芸術家は衣食住を保障されている」という話をよくしていた。

私がイタリアに留学し、詩人と暮らしていた一九八〇年代半ばからの十一年間は、日本のバブルほどではないにせよ、西側自由主義圏においても多くの人はある程度裕福に、そうでない人もごく普通の生活を送っていた。それなのに、なぜそんな周辺と反比例するように、私たちは電気もガスも止められてしまった家の中で、極貧の生活を送らなければならないのか。絵は描き続けたが、先が全く見えなかった。かつて進路指導の教師に画家になりたいと伝え「飢え死にするぞ」と脅された、それが洒落ではないという実感が私の意識を強張らせ、しだいに生きているのが苦痛としか思えなくなってきていた。

どうして私は絵描きなんかになろうと思ったのか？　創作すること自体にいったいなんの意味があるのだろう？　日々ひたすらしんどさしか感じられないのに、どうやって前向きに生きていけというのか？　さまざまな疑問符が私の頭の中で渦巻く。そんなとき、詩人が突然ソビエトに移住したいと言い出した。彼の敬愛する詩人マヤコフスキーの故郷でもあるその土地に私を連れて行き、一緒に暮らしたいというのだ。しかし私は詩人が抱いていた思想に同調できていたわけでもないし、土地を変えることが根本的な解決になるのかどうかも半信半疑だった。詩人はむしろ、金銭的困難よりも自らの表現者としての能力に対する揺らぎに苦しんでいた。

当時フィレンツェには「ガレリア・ウプパ」という画廊と出版社を兼ねた、地元の芸術家や文芸人の集まるサロンのような場所があって、私と詩人は足繁くそこに通っていた。ウプパには私たちよりはるかに年上で、それまでの人生においてあらゆる不条理を経験し、現在進行形で貧困という辛酸を舐めつつも、諦めずに創作を続けている画家や作家や思想家たちが集っていた。

ちょうど須賀敦子さんのエッセイ『コルシア書店の仲間たち』に出てくる雰囲気に近いかもしれない。仲間にはマルキシズムとカトリシズムを取り入れた「解放の神学」を説く社会主義のカトリック僧侶もいたし、軍事独裁政権や革命などにより祖国を追われた、南米や中東からの政治亡命者も多く集っていた。私は彼らと仲良くなり、お金がないときにはその画廊でパスタを茹で、塩胡椒とオリーブオイルをふりかけただけのものをみなで分けて食べたこともある。彼らは与えられた制度や既存の体制の中で満足せず、芸術や政治や人間について、毎晩のように熱い議論を交わした。そのサロンの存在は、貧困という現実に打ち拉《ひし》がれていた当時の私の救いだった。

日本から来た年端もゆかない小娘に、文学や芸術について教えてやらなくては、と思ったのだろう。この何もわかっていない娘っ子に、さて何を読ませてやろうかと考えて、サロンの主宰者だったイタリア人の老作家が書棚から持ってきた本が、安部公房の『砂の女』（一九六二年）のイタリア語版だった。

「これを読みなさい。今の君はこういう文学に触れておくべきだ」

それは一九七〇年代に、まさに須賀敦子さんがイタリア語に翻訳した『砂の女』の古本だった。その頃まだイタリア語の読書に慣れていなかった私は、辞書と首っ引きになってページをめくり、一気に安部公房の世界観に引きずり込まれていった。

またその後、老作家の同性の恋人だった南米出身の亡命詩人が、私にガルシア＝マルケスの小説『百年の孤独』を「これを読んだほうがいい」とプレゼントしてくれた。今考えればどちらも荒療治ではあるが、この娘には今自分たちが置かれているような、不条理で混沌とした世界から生まれた文学に触れさせようと考えたのだと思う。迷妄し苦悩する日々のなかでは、安易に甘い希望や夢を与えるようなものではなく、理不尽さや孤独と真正面に向き合うところから始めるべきだと感じたのだろう。そんな読書であっても、良質の栄養になり得る心身のタフさが私にはあると彼らは判断したのかもしれない。おかげで私は華々しい理想的未来への妄想や無為なユートピア信仰を抱くこともなく、こうした読書を糧に、厳しい状況を毅然と生き抜いていくことができた気がする。

フィレンツェというイタリアの古都へ、ルネッサンス絵画の勉強のために赴いていながら、当時の私に最も強い影響力をもたらしたのは安部公房であり、次いでガルシア＝マルケスに代表される南米のマジック・リアリズム文学だったというのも変な話だが、とにかくそうした文学が、若い私の精神性を育む、高栄養素のエネルギー源となったのは確かだ。貧乏で空腹でもメンタル面での栄養だけは充たされていた。

ついでに述べると、実は安部公房も、マルケスの作品を機会あるごとに取り上げては、称賛し推薦している。一九八二年にマルケスがノーベル文学賞を受賞したとき、自身も同賞の有力候補と目されていた安部公房は、「地球儀に住むガルシア・マルケス」（一九八三年／『死に急ぐ鯨たち』一九八六年所収）という講演を行なった。そこで彼は、マルケスはどこの国の作家であるかに関係なく、時代あるいは世界に属する作家であり、「とにかくマルケスを読む前と読んでからで自分が変ってしまう」と述べている。

それはとりも直さず、そのまま安部公房本人にもあてはまる言葉だと思う。彼らの文学はボーダーレスで、世界に通じる普遍的な力が、繊細かつ強靭に宿っているのだ。

「これは私のことだ」

安部公房の小説でもっともよく知られているのは『砂の女』だろう。本書の第一章で詳しく述べるが、ごく簡単にいうとこの小説は、ある男が趣味の昆虫採集のために赴いた砂丘で、すり鉢状の穴の底で女がひとり生活している家に泊めてもらい、そのままその集落に囚われてしまう話である。

物語の内容よりも、そこに潜む社会風刺的な概念が私の心をがっしりと捉えた。私もまた、当時のフィレンツェで這い上がることのできないすり鉢状の穴の中に入り込んでしまったと感じていたからだ。新種の虫を探しに行った男が砂丘の砂の中に埋もれている、この世から見捨てられたような場所で、着眼すらされなければ、存在証明などと言っている場合ですらない極限状況に陥ってしまう。だが、そもそもこの男の目的は、そこで新種の昆虫を発見して学名と一緒に自分の名前を残すことだった。これは完全に自己顕示と承認欲求を満たすための行為である。

生まれてきたからにはこの世界におれの名前を残してやろうという、野心や執着心。それは私たちが生まれてから親に、社会においてひとかどの人物になるよう頑張れと言われ続け、達成できなければ生まれてきた証しにもならないという環境が起因しているようにも思う。私自身も母親からそれとなく表現者として世に認められるようになるという暗黙の期待を託され、絵描きとして大成しなければいけないという思いに囚われて苦しんでいた。

　だから、私の当時の心境はまさに仁木順平という名の、この作品に登場する男と同じだった。そして物語で彼は蟻地獄のようなすり鉢状の砂の穴の中に吸い込まれてゆく。それこそ私のフィレンツェである。足掻いても足掻いても、這い上がれない。私の恋人だった詩人と『砂の女』に出てくる女とはタイプが違うけれど、どこか近いような感じもする。粘着質で、いくらそこから逃れて這い上がろうとしても、ずるずると引きずり落とされてしまうのだ。フィレンツェは私にとっては巨大なすり鉢だった。

　またその集落では、絶えず家の上から崩れ落ちてくる砂と闘うために、毎晩「砂掻き」という労働をしなければならない。この共同体はある意味で最も原始的な、人間が生き延びていくうえで極限的に必然のものであるとも感じられた。そこでは余計な思想を持ってはいけない。個別の存在意識や独自の理念など持ってはいけない。それを持ってしまった日には、逆にそれが地獄になる。『砂の女』はそんな恐ろしいテーマを叩きつける話なのである。

　男は最後に、逃げられる状況になるにもかかわらず、逃げない。この小説を読み終わったとき、「これは私のことだ」と思った。そして、安部公房という作家の作品をもっとたくさん知りたいという思いで、いてもたってもいられなくなった。

急遽、日本にいる母に連絡して「古本でも何でもいいから、安部公房の本を何冊か送って」と頼んだ。するとそれからまもなくして、母が古書店などで買い集めた安部公房の本が山のように送られてきた。水を切らして砂漠を放浪しているときにオアシスを見つけたような凄まじさで、私は届いたばかりの小説も評論もエッセイも戯曲も、寝る間も惜しんで読み漁った。

すると、やがて自分の頭の中がすっかり安部公房化してしまい、自分の思考もすべて安部公房の言語でできているような感じになってしまった。でも、それがあの頃の私にとっては救いだったのである。そのことで、私は惨憺《さんたん》たる当時の自分の生活をようやく客観視することができ、不安定だった精神のバランスを保つことができたのだ。

不条理と向き合って生きる

現代のように、自由な発想や言論がすべて許されるわけではない状況下では脳が脆弱化し、ＳＮＳやテレビなどで誰かが発信している意見の中から、自分とマッチングするような答えを探し求めようとする。考えを思考化する苦労も必要なければ、発言に対して責任も持たなくていい。肉体のトレーニングの必然性は感じても、メンタルの怠惰さに危機感を覚える人は少ない。そして、人間はどうやら社会情勢が不安定になればなるほど、そうした傾向が強くなる。第一次世界大戦の最中にスペイン風邪が流行し、ドイツが敗戦国として多額の負債を背負わされる中、現れたのは圧倒的な弁論力を持つ独裁者だった。現代だって、正直、あの頃のような顚末《てんまつ》にならないとも限らない。

私たちは今、パンデミックと戦争という、まさに百年前に近い不穏な世界情勢の只中に生きている。だからこそ第二次世界大戦後の混乱のなかで、あらゆる予定調和の崩壊、そしてあらゆる不条理と対峙しつつも、表現という手段を武器に毅然として生き延びてきた安部公房という作家の作品は強い説得力を持つ。彼の作品を軸に思索することで、今の時代を乗り越えるためのあらゆる示唆を感受できるのではないかと思う。

安部公房文学は、ぼんやりしながら読める内容の作品ではないかもしれない。かといって、たとえばドストエフスキーみたいに、道徳的・宗教的に、重量級のインパクトをもって読者に迫るというのとも違って、そういった概念を飄々と、不思議なユーモアと客観的で俯瞰的な眼で綴っている。私たち読者はそんな安部公房のテクニックに操られ、いつの間にか人間という複雑怪奇な有様を観察させられるのである。安部公房の作品は、フィクションという体裁をとった、人間社会の生態観察だと私は考えている。

そして、今のような世の中だからこそ、改めて安部公房の言葉を受け入れられる人たちが少なからずいるはずだと思う。昨今の世界には、生きていくうえで、決して無償の幸福感や安寧が保証されるわけではなく、むしろ人生のメンテナンスがいかに難しいかを痛感させられるような事象があふれている。今のところ日本は紛争もなければ戦火に巻き込まれているわけでもなく——つまり無差別に「死ね」と言われるような社会ではないけれど——かといって大手を振って人生を謳歌できているわけではない。

行き場のない閉塞感の中で自殺してしまったり、頭がおかしくなりそうだと感じたりする人も多い。パンデミックの影響で事業を破綻させてしまった人々、就職のできない若者、生活費が払えなくなって昼と夜の商売を掛け持ちしている大変なシングルマザー。浅はかなメディアは人生は素晴らしいものだと鼓舞しているけれど、ネットやテレビには紛争や戦火に苦しめられている人々の映像があふれ、全く説得力がない。明日を生きていくのに精一杯な人たちはどんどん増えている。この世に生まれて生きていく、とはいったい何なのか？　なぜ人間の社会は生きることをこれほどまで困難なものにさせるのか。新型コロナと戦争という人生を歓迎されない環境の中で、そんな疑問を感じている人が、今たくさんいるはずだ。

そんな今でこそ、安部公房の文学を読むことには大きな意味がある。決して癒されたような気持ちにはならないし、難解かつ意味不明なレトリックに戸惑う人もいるだろう。ただ、この作家の作品を通じて、自分をふくめた人間というものを俯瞰する眼で客観視し、同時に自分というものを構築している軸の、不安定な土台や基盤をいくらか固めることはできるはずだ。

安部公房の文学は読者の想像力や感受性を試しているような要素も強い。この人の作品をどう受け取るかは、当然読者の受け皿次第だが、幸いにして彼の作品には洒落とユーモアがある。洒落やユーモアは、脆弱化し、思考することに怠惰になった人たちにも入っていくきっかけとなる。そうでなければ、ほんとうに戦後の不条理そのものを体験した世代の人たちだけが感受できる文学として終わってしまうか、あるいは特異な表現の表層的な部分にだけ反応する、一部の限られたオタク的愛好者たちだけのためのものになってしまうだろう。しかし安部公房の文学は、本来もっと多くの人のために開かれた、スケールの大きなものであるはずなのだ。

コロナという不条理かつ不穏な危機を経験した私たちの中には、安部公房を受け止められる土台が備わっている人がきっとたくさんいる。だから、今こそ安部公房を読むべきではないか、と思うのである。

パンデミックという「壁」

コロナ禍は今の我々にとって、明らかに目に見えない「壁」だ。「壁」は、安部公房の一貫したテーマであり、安部文学とはすなわち「壁文学」である、と言ってしまってもいいくらいだ。

「壁」は、生きることに対する意義や意味、希望や理想、そして幸福になりたいという願望を抱き、人生を正当化しようとする意識から生まれてくる、精神性を携えた人間という生物らしい概念だ。他の生物、たとえば昆虫には乗り越えるべき壁などという考え方はもともとない。羽化して羽を広げ、広い空に向かって飛び立ったとたん、いきなりカラスに食べられたところで、別にそこに生きる不条理や壁があったとは思わないだろう。人間と違って、彼らは生きていくうえで、自分たちの前に立ちはだかる壁の向こう側にきっと自由があるはずだ、などという捉え方すらしていない。

『砂の女』の男は、そそり立つ砂の壁によって完全に自由を拘束され、ある意味刑務所よりもずっと過酷と言える、まったく思い通りにいかない状況に置かれてしまう。けれども実はそれこそが、人間の生きている社会そのものの実態なのだと、安部公房は定義しているのではないだろうか。

そして仁木順平は、最終的にそんな砂のすり鉢の中で生きていくことを受け入れる。人間というのはいずれにせよ、あらゆるしがらみの中で生きていく生き物なのだ。私は『砂の女』を最初に読んだとき、蟻地獄のような砂のすり鉢に拒絶感を覚えながらも、実はこうして日本を離れてイタリアに留学をしている自分も含め、人間の生きる環境すべてが砂のすり鉢なのではないかと思うようになっていった。何にもとらわれず自由を謳歌したい、すり鉢になど嵌《はま》るものかと気負い立つよりも、俯瞰で人間という生物がみな実態のないすり鉢の中で生息していることをある程度自覚しておくほうが、精神的な負荷も軽減される。

コロナという壁によって、私たちは自由に旅行もできなくなり、商売も成り立たず、いろんなことができなくなったし、不条理な思いと真正面から向き合わされることになった。だが、そもそも人間という生物として生きる限り、死ぬまで自分の命をメンテナンスしていかねばならないのだから、最初から最後まで壁はある。それどころか我々人間は、自由という砂漠の中で、蛇や砂嵐から守ってくれる壁を自主的に求めてすらいる。となると、そのすり鉢の中で、私たちはどんな知恵を使い、どんな想像力を駆使して、命に満足を覚えることができるのか、ということを考えていかなければならない。

作家の石川淳は、安部公房の初期作品集である『壁』（一九五一年）に寄せた有名な序文で、こう書いている。

「このとき、安部公房君が椅子から立ちあがって、チョークをとって、壁に画《え》をかいたのです」

これを読むと、たくさんの落書きが壁画のように描かれていた「ベルリンの壁」を思い出す。東西を分断するベルリンの壁は、市民によって壊された。壊されたことでみんなが拍手喝采したけれど、結果的には大して何も変わらなかったということもできる。東側の社会主義陣営が崩壊したとたんに貧富の差が広がり、貧しい人たちは餓死の危機に見舞われ、けっきょくまた別の見えない壁ができる。

先にも記したが、そもそも「生まれてきたからにはああしたい、こうしたい」といった欲求や「自分の人生はああでなくてはいけない、こうでなければならない」という執着、思い込みがなければ、壁という概念そのものは発生しないだろう。要するに、壁は人間の業や煩悩によって自分たちの周りにそそり立っていく仕組みなのだ。

石川淳はこう続けている。

「安部君の手にしたがって、壁に世界がひらかれる。(略)ここから人間の生活がはじまるのだということを、諸君は承認させられる。諸君がつれ出されて行くさきは、諸君みずからの生活の可能です」

価値観の画期的な変化

繰り返すが、壁は自由を拒むものとは限らない。自由という一見素晴らしいもののように思えて、実は大きな危険と脅威がともなうものから、自分をプロテクトしてくれる性質もある。壁の中で守られていれば、人間は生命を保証されるし、余計なエネルギーを使わなくて済む。要するに、壁に守られていれば怠惰も許されるということだ。壁の外へ出てゆけば、そこには「欠乏した自由」があるが、壁の中にいれば、そこは「充足した独房」となる。

「小説を生む発想——『箱男』について」（一九七二年／九三年新潮カセット刊）というユーモラスな講演の中で安部公房は、人は果たしてその二つのどちらを選ぶだろうかと問うている。「充足した独房」は脱出願望を生むけれども、あらゆる未来が予測可能で、安定している。それに対して「欠乏した自由」は、未来がまったく予測不可能で、そのぶん不安である。

会社員の生活などを面白おかしく例にあげながら、その両方がせめぎあっているのが実情ではないかと、安部公房は巧みに話を展開している。自然科学は予測可能の方向に働くが、ある種の文学は「人間をむしろ不安におとしいれるというか、欠乏した自由のほうに人間を追い込む力を持った」ものだという。そこにこそ自然科学にはない、文学という表現の存在理由があるのではあるまいか。しかし、そうした種類の文学は実用性がゼロに等しいために、経済生産性は低いとボヤいている。

だが、この世の多くの人はやはり壁の中の「充足した独房」を求めるのだと思う。だから人類は農耕社会を築き、生き延びる保証を得た。どちらかというと遊牧民体質な私は壁の外の「欠乏した自由」をたくさん経験し、予定調和とは程遠い人生を送ってきてしまったので、壁にすがれない性質になってしまったが、通常の人々は仁木順平が最終的にすり鉢に残ることを選んだように、やはり基本的には壁の内側にいることを選ぶだろう。

壁に守られている生き方がいいとか悪いとかいう話ではない。仁木順平が砂のすり鉢の中で、カラスを捕まえる罠を作るつもりで偶然、毛管現象による溜水装置を発明してしまったくだりを読んだとき、私は「ああ、良かったね、仁木順平」と素直に安堵した。すり鉢の外へ脱出を果たし、捜索願を出した妻のもとに戻ったところで、また虫の世界に縋って承認欲求に身を焦がすのならば、むしろここに残って溜水装置を研究したほうがいいんじゃないか、と感じたからだ。都会に生きるクールで繊細でスタイリッシュな奥さんよりも、毎日「砂掻き」の労働をしては、砂で汚れた体を拭いてくれる、虫のような女との暮らしのほうが、よほど自然で、健やかなものではないか。

そんな風に劇的な思考転換が起こり、価値観に画期的な変化がもたらされるのも、安部公房文学の特徴だろう。私が壁の外へ出て、さまざまな外国に行き、そこで暮らすのはなぜかというと、価値観の一定化を嫌うからだ。生活感や倫理、社会の捉え方などの価値観の圧倒的な差異に気づかされることで、生きていくうえでのダメージが少なくなり、予定調和のない生き方も当たり前になってくる。どんなにとんでもない人間と接触し、酷い目に遭うことがあっても、「そんなもんか」と平気になれる。人間とは自分も含め、そもそもこういう生態の生物なのだと思って受け止めていれば、それほど大したことではない。

疫病や不穏な世界情勢に対して漠然とした不安に覆われ、価値観の甚大な変化に否応なく曝されている今、私たちは急に仕切りの壁を作られて、ひとりずつ透明な壁に囲まれているような状況に陥っている。いつもなら見たくもないものは見ないでやり過ごせていたのに、今はもうそんな状況など許されなくなってきている。安部公房はかつて自らが得た過去の多様な不条理かつ理不尽な経験と、そこから芽生える深い人間洞察によって、こんな時代に生きる私たちに素晴らしい書籍をいくつも残してくれた。彼が自らの作品の中に描いてきた様々な壁画を正面からじっくりと見つめるのに、今ほど相応しい時代はないだろうと私は思う。

安部公房

壁とともに生きる——私と「安部公房」　目次

プロローグ　壁とともに生きる………3
イタリアで出会った『砂の女』
「これは私のことだ」
不条理と向き合って生きる
パンデミックという「壁」
価値観の画期的な変化

第一章　「自由」の壁——『砂の女』………29
二十世紀世界文学の古典
ある日砂丘で行方不明
昆虫のように生きる女
砂漠への憧れ
満洲での少年時代
人はなぜアイデンティティに縛られるのか？

何者かであろうとする虚しさ
失踪の顚末
『砂の女』をどう読むか?
「女」の持つ独特の恐ろしさ
すり鉢は日本の縮図
砂漠の中の希望
農耕民とノマド、定住と移動、正統と異端
ファシズムとインテリ——究極の問い

第二章 「世間」の壁——『壁』

第二章 「世間」の壁——『壁』……77
詩人と画家の極貧生活
爆発的な創作活動
『テルマエ・ロマエ』は「魔法のチョーク」で描かれた
型破りな「弔辞」
壁そのものへの変形——「S・カルマ氏の犯罪」
生きることは楽しいことか
社会での居場所を求めて
ドストエフスキーの衝撃

共産主義との訣別
「家族」という不条理
古代ギリシア・ローマと安部公房
「民主主義」の黒い側面
人間の知性や能力が必ず直面する壁
笑いながら、同時に怖い
リアリズムの系列

第三章 「革命」の壁――『飢餓同盟』……125

悲惨でユーモラスな風刺小説
「革命」のパロディ
みすぼらしい人間のにおい
「人間メーター」
「ひもじい野郎」たちの承認欲求
アレゴリック・リアリズム
コンプレックスから来る闘志
政治そのものへの懐疑
安部文学の終わり方

正気も狂気も魂の属性にすぎない
第四章 「生存」の壁――『けものたちは故郷をめざす』……155
随一の娯楽小説
満洲体験の集大成
名前のない男
「残酷な光景」
即物的な描写力
協調せずして共生する
日本人からの拒絶
空腹を感じる本
自由であることの苛酷さ
励みと諦観の文学
第五章 「他人」の壁――『他人の顔』……195
都市の孤独な人間
仮面を通して自分を取り戻せるか――『他人の顔』
仮面こそが素顔だった?

社会的偏見への反逆
仮説と想像力
都市という砂漠――『燃えつきた地図』
究極の失踪――『箱男』
バラバラに共生する社会
奇怪な悪夢の迷宮へ――『密会』
「弱者への愛には、いつも殺意がこめられている――」

第六章　「国家」の壁――『方舟さくら丸』……235

「方舟」の乗船切符
互いに干渉せずに生きる難しさ
俯瞰とディテール
国家のミニチュア
実存と「ゴミ」
なぜ方舟は「さくら丸」なのか
「壁」の外に出ることが生き延びることか
晩年の作家――原始的情動の発露
絶望も希望も虚妄

第一章

「自由」の壁

『砂の女』

二十世紀世界文学の古典

プロローグで述べたように、私がイタリアで最初に読んだ安部公房の小説は、『砂の女』である。まずはこの小説を紹介しながら、安部公房をめぐる話を始めたい。

『砂の女』は、誰もが認める安部公房の代表作であり、最もよく知られた作品だろう。毎年、「新潮文庫の100冊」にも必ずといっていいほど入っていると思う。

一九六二年、新潮社の「純文学書下ろし特別作品」の一冊として刊行されたこの本の初版本の函《はこ》の表には、次のような著者のことばが記されている。

「鳥のように、飛び立ちたいと願う自由もあれば、巣ごもって、誰からも邪魔されまいと願う自由もある。飛砂におそわれ、埋もれていく、ある貧しい海辺の村にとらえられた一人の男が、村の女と、砂掻きの仕事から、いかにして脱出をなしえたか……色も、匂いもない、砂との闘いを通じて、その二つの自由の関係を追求してみたのが、この作品である。砂を舐めてみなければ、おそらく希望の味も分るまい」

簡潔な内容紹介とともに、ここに「二つの自由」のテーマが明示されている。つまりは「壁」の外の自由と、「壁」の中の自由ということだ。

函の裏には、武田泰淳と三島由紀夫という、二人の優れた作家の推薦文。特に三島は、その思想的な立場の違いを超えて、安部公房と親しい友情で結ばれていたばかりか、当時良きライバル的な存在でもあった。武田は「もっとも現代的で、かつ永遠の問題を追求する」作者の努力に敬服を表明し、三島もこの小説を称賛しながら、「これは地上のどこかの異国の物語ではない、やはりわれわれが生きている他ならない日本の物語なのである」と評している。

刊行の翌六三年に読売文学賞を受賞。六四年には作者自身のシナリオで映画化された。勅使河原宏《てしがはらひろし》監督によるその映画（出演・岡田英次、岸田今日子ほか、音楽・武満徹）は、国内のみならず海外でも評判を呼んで、アカデミー賞外国語映画部門ノミネートや、カンヌ映画祭審査員特別賞受賞などもふくめ、きわめて高く評価された。

また、映画の公開と同じ六四年の英訳刊行に始まって、チェコ語、デンマーク語、ロシア語、ウズベク語、ドイツ語、フィンランド語、中国語、フランス語、ポーランド語、ルーマニア語、韓国語、オランダ語、ポルトガル語、スペイン語、イタリア語、ヒンディー語、スウェーデン語、などなど、世界四十一か国語（宮西忠正『安部公房・荒野の人』二〇〇九年による）に立て続けに翻訳され、KOBO ABEの名は広く世界に知られることになった。六八年にはフランスで最優秀外国文学賞を受賞している。

実はそれ以前の作品も、一九五七年に短編『赤い繭』（一九五〇年）がチェコ語へと翻訳されたのを皮切りとして（全集三十巻年譜による）、東欧圏やソビエトを中心に海外に少しずつ紹介されていたのだが、読者が一気に世界中に広がり、安部公房の名が世界的な前衛作家として高まったのは、この『砂の女』の大ヒットがきっかけである。

今や「二十世紀文学の古典」（ドナルド・キーン）ともいわれる作品だけあって、何度読み返してみても、やはり凄い小説だと思う。おそらく作者が当初この作品を設計したときの意図すらも超えて、シンプルな構造の中から、人類の文明そのものが綿々と向き合ってきた問いが、どんどんあふれ出してくるような小説なのだ。

ある日砂丘で行方不明

八月のある日、男が一人、行方不明になった。休暇を利用して、汽車で半日ばかりの海岸に出掛けたきり、消息をたってしまったのだ。捜索願も、新聞広告も、すべて無駄におわった。

小説はこんな風にして始まる。まるで失踪した男をめぐるノンフィクションか推理小説のような、ドキュメンタリー・タッチの乾いた書き出しだ。しかし男は旅先で殺されたわけでも、身代金目的で誘拐されたわけでもないらしい。旅行の目的も、いわゆる失踪の動機となるような秘密の逢引きなどではなくて、男の妻の証言によれば、単なる昆虫採集だった。「いささかはぐらかされたような」とぼけた目的である。淡々とした始まりから、何らかのサスペンスを予感させられもするし、同時にどこか飄々とした味わいもまた感じられるのではないだろうか。

そして「誰にも本当の理由がわからないまま、七年たち、民法第三十条によって、けっきょく死亡の認定をうけることになった」という。すると、男の失踪の「本当の理由」がこれから語られてゆくわけだ。導入部分の紹介をもう少し続けてみよう。

殺虫瓶などが入った木箱と水筒を肩から十文字にかけ、ピケ帽をかぶった登山家風のいでたちで駅に降りた男は、そこからバスと徒歩で海辺の方へと向かう。そこに現れたのは、砂に埋もれかけている貧しい集落だった。

さてどんな集落かといえば、「砂丘の頂上に近いほど深く掘られた、大きな穴が、部落の中心にむかって幾層にも並び、まるで壊れかかった蜂の巣である。砂丘に村が、重なりあってしまったのだ。あるいは、村に砂丘が、重なりあってしまったのだ」。

目ぼしい昆虫の収穫もないまま、カメラを構え、すり鉢状の砂の穴の底に建つ小さな家を覗き込んでいると、いつのまにか現れた村の老人が、「調査ですかい？」と男に声をかける。男は昆虫採集に来ただけで、自分はただの学校の教師だと告げる。上りのバスはもうお終いだが、どうするつもりか、と問う老人。「どこか、泊るところくらいはあるんでしょう」と尋ねる男に、老人は「ごらんのとおり、貧乏村で、ろくな家もないが、あんたさえよけりゃ、口をきくくらい、わたしがお世話してあげるがね」と好意的な態度を示す。

案内された家は、村の一番外側に位置する、砂丘の稜線に接した穴の一つの底にあった。屋根の高さの三倍はある砂の崖を、縄梯子で降りた男を迎えたのは、「三十前後の、いかにも人が好さそうな小柄の女」だった。笑うと左の頰《ほお》にえくぼが浮かび、眼のふちが赤くただれている。

女は魚の煮つけに貝の吸物という質素な夕食を振る舞い、食べはじめた男の上に番傘をさしかける。男が驚くと、砂が降ってくるからだという。砂がどこからでも家の中に入り込んできて、掃除を怠るとすぐに梁《はり》までぶよぶよに腐らせてしまうというのだ。そのとき、材木と一緒に、砂も腐ると女は言う。

絶えず流動する乾いた砂のイメージに、以前から憧れのようなものを感じて執着している男は、つい勢い込んで反論する。

砂は「言ってみれば、清潔の代名詞みたいなもので、防腐の役目はするかもしれないが、腐らせるだなんて、とんでもないことだ……まして、奥さん、砂自身が腐るだなんて……第一、砂ってやつは、れっきとした鉱物なんですよ」

しかし女との会話はまるで嚙み合わない。男の理屈はこの女にはまったく通じないのだ。男にとって乾いた流動性の象徴である、あくまでも無機的な鉱物としての砂は、女にとっては湿り気を帯びた、有機的な存在らしい。女は男の床をのべながら、去年の大風のときに、夫と中学生の娘が砂に埋もれて死んでしまったと話す。

やがて崖の上からの村人の呼び声で、女は編笠をかぶり、モンペ姿で家の外へ出ると「砂掻き」を始める。それをしないと、家がやがて砂に埋もれてしまうからだ。崖下の砂をスコップですくい、石油罐《かん》に入れて運び、ロープにつないだモッコ（縄などで編んだ運搬道具）で村人が崖の上に吊り上げる。その砂をオート三輪（当時主流だった三輪の簡易なトラック）に載せて運搬する。しかも、その作業を一晩中続けるのだという。

一度は手伝いを申し出た男だが、「うちの部落じゃ、愛郷精神がゆきとどいていますからねえ……」と張り切る女に対し、「これじゃまるで、砂掻きするためにだけ生きているようなものじゃないか！」と呆れ、スコップを放り出して部屋に引き返してしまう。なかなか寝つけない男は、砂の流動について思いに耽《ふけ》るうち、いつのまにか眠っていた。

翌日、男が目を覚ますと、女はイロリの向こうでまだ眠っている。驚くべきことに、女は素裸だった。顔だけを手拭で隠した、裸体なのである。

しかも、その表面が、きめの細かい砂の被膜で、一面におおわれているのだ。砂は細部をかくし、女らしい曲線を誇張して、まるで砂で鍍金された、彫像のように見えた。

砂まみれの女の裸体というこのイメージは鮮烈だ。まさしくタイトルの『砂の女』の中心をなす形象だろう。一瞬息をのんだ男だが、気を取り直して帰り支度をし、女を起こさないように足音をしのばせて、外へ出た。すると昨夜あったはずの縄梯子が消えていることに気がつく。

砂の崖をよじ登ろうとするが、足は砂にめりこみ、太陽に焼けた砂が手のひらを焦がし、滑り落ちてうまくいかない。家に戻って女を呼ぶが、女はくるりと背を向け、うつぶせになって黙りこんでいる。

まんまと策略にかかったのだ。蟻地獄の中に、とじこめられてしまったのだ。うかうかとハンミョウ属のさそいに乗って、逃げ場のない沙漠の中につれこまれた、飢えた小鼠同然に……

昆虫のように生きる女

「ハンミョウ属」とは、この旅で男が採集の目的としている、鞘翅目《しょうしもく》の昆虫のことだ。

砂地の地味な小昆虫には変種が多いために、新種を発見できる可能性が高い。そこで男はこの虫に目をつけ、あわよくば昆虫図鑑のラテン語の学名とともに、イタリック体で自分の名前を半永久的に保存することができるかもしれないと思っている。

ハンミョウは「飛んで逃げては、まるでつかまえてくれと言わんばかりに、くるりと振り向いて待ちうける」という奇妙な動き方をする。一説によると、そうしてネズミやトカゲを砂漠の奥へと誘い込み、その死体を餌食にするらしい。すっかりこの虫に魅せられた男は、この「代表的な沙漠の昆虫」を探しに、砂丘へとやってきたのである。

男が探すのはハンミョウ属のニワハンミョウ。ラテン語の学名は、*Cicindela japana, Motschulsky.* という。ちなみにこの長編には、実は原型となった短編小説がある。「文學界」一九六〇年九月号に掲載されたその短編の題名は、ニワハンミョウの学名から採った『チチンデラ　ヤパナ』。もちろん細部の異同はあるが、内容的にはほぼ、先ほど紹介した導入部分に当たる。それを長編に発展させたのが『砂の女』なのである。

もともと私が幼い頃から虫好きだったことも、この小説に惹かれた理由の一つかもしれない。私は毎日のように空き地や野原や林で虫の観察に熱中し、昆虫図鑑を宝物にしているような子供だった。

なぜ私が虫を好きなのかというと、男が探すハンミョウもそうだが、虫とは決して意思の疎通ができないからだ。まったく自分の思い通りにならない。こちらが特別な存在だとまるで思ってくれないのだ。同じ生き物を飼うにしても、猫や犬なら多かれ少なかれ「あなたがいないと、私たちは生きていけないんですよ」という依存の姿勢をとるけれど、虫にとって人間の存在など生きていくうえで必要でも何でもない。彼らは同じ惑星に住まう異星人とでもいうべきか、たまたま地球にいるだけの宇宙人的存在だと私は捉えている。

だから、今も自分が飼育している虫の生態を観察していると、人間の自負や驕《おご》り、自分たちは特別な生き物だから幸せでなければならないという命への信念や執着を、冷めた目で突き放し、相対化されてしまうように感じる。虫とはそんな存在である。卵から生まれた幼虫が羽化して、交尾してまた卵を産んで、それで死んでいくということを、淡々と、ただずっと繰り返している。それは大気圏内で生存する生き物の基本だが、我々人間のみが、そこに精神的脚色を加えて特別な意識を持つようになる。

『砂の女』の凄さは、別の惑星に住む生命体のように、あたかも昆虫のような生態で生きている女を登場させたことにある。人間なのだから何かを成し遂げなければいけない、他人に認められなきゃいけない、そう思って軋轢《あつれき》に遭い、壁にぶつかって苦しむこの男のような人間にとって、この女からは求めているリアクションが戻ってこない。何を言おうとのれんに腕押し。根本的に意思の疎通ができない。まさに虫のような女なのである。

この小説の登場人物には基本的に名前がないけれど、それも裸で剝き出しの実存として、あるいは虫のような生き物としての、即物的な印象を強めている。「男」と「女」のほかにはほぼ「老人」だけ。男の回想の中でも、どうやら別居中の妻らしき女性は「あいつ」、職場の同僚は「メビウスの輪」というあだ名で呼ばれる。中盤、男の空想の中に捜索願が登場するくだりで、その中にようやく男の名前が記される。

《姓名、仁木順平。三十一歳。一メートル五十八、五十四キロ。（略）》

それから小説の最後に、家庭裁判所による「失踪に関する届出の催告」と「審判」という二つの公文書が載せられるのだが、そこに「仁木順平」の名とともに、「仁木しの」という妻の名がやっと記されている。だが肝心の「女」には名前がない。

仁木順平という男の視線から見たこの女の描写は、虫そのものだ。ここで彼が昆虫採集家であることに意味がある。人間なのに人間的ではない生き物を、虫を見る眼で観察する。そこが面白いと感じられたのは、やはり私が子供の頃から虫を観察し続けていたことが大きいと思う。

砂漠への憧れ

「虫」と並んでこの小説の重要なモチーフとなっているのが、「砂」である。

仁木順平は、ハンミョウの存在条件である砂にも関心を持ち、調べはじめたという。「直径1/8m.m.」を中心とする粒からなる砂とは何なのか。そして、砂の最大の特性は、それがまるで生き物のように、絶えず流動していることだと気づく。

その、流動する砂のイメージは、彼に言いようのない衝撃と、興奮をあたえた。（略）年中しがみついていることばかりを強要しつづける、この現実のうっとうしさとくらべて、なんという違いだろう。

たしかに、砂は、生存には適していない。しかし、定着が、生存にとって、絶対不可欠なものかどうか。定着に固執しようとするからこそ、あのいとわしい競争もはじまるのではなかろうか？　もし、定着をやめて、砂の流動に身をまかせてしまえば、もはや競争もありえないはずである。

そんな流動への憧れが、「定着」のしがらみや、「競争」を強いられるこの社会への嫌悪と結びつく。それがすでに彼の中で、社会生活や人間関係からの、脱出願望になりつつあったことがわかる。女の家での一晩目、寝つけない男は、「家の固定観念から自由になれば、（略）砂に浮んだ、自由な船……」と妄想をふくらませていく。

たとえば、ゆれ動く樽のような形をした家……（略）大時計の振子のように、ゆれ動く家……ゆりかごの家……沙漠の船……

そして、それらの船が集って出来た、振動しつづける、村や町……

安部公房にはその名も『砂漠の思想』（一九六五年）というエッセイ集がある。その題名となったエッセイ「砂漠の思想」（一九五八年／初刊『裁かれる記録——映画芸術論』同年所収）から、冒頭部分を引用しておこう。

砂漠には、あるいは砂漠的なものには、いつもなにかしら言い知れぬ魅力があるものである。日本にはないものに対するあこがれだとも、言えなくはないが、しかし私などは半砂漠的な満洲（現在の東北）で幼少年時のほとんどをすごしたのだ。いまならノスタルジアだと説明してしまうこともできるわけだが、記憶の中でも、その半砂漠的風土のなかにいてさえ、なお砂漠にあこがれを持っていたことを思いだす。空が暗褐色にそまり、息がつまりそうな砂ぼこりの日、乾ききったまぶたの裏に、拭いてもふいてもぬぐいきれない砂がくいこむ、あのいらだたしい気分の裏には、不快感だけではなく、同時にいつも一種の浮きうきした期待がこめられていたように思うのだ。

つまり砂は、作者の原風景なのである。人間の定着を拒絶し、荒涼とした不毛の大地を絶えず流動していく砂のイメージ。それは作中の仁木順平ばかりでなく、戦前・戦中の満洲（中国東北地方の旧称）で少年時代を過ごした作者本人にとっても、大切なモチーフだ。

満洲での少年時代

安部公房は、一九二四年、本籍は北海道だが東京で生まれ、生後八か月で両親とともに満洲に渡って、奉天《ほうてん》（現・瀋陽《しんよう》）で育った。父の浅吉はエスペラント語とカメラが趣味の医師。母のヨリミは、『スフィンクスは笑ふ』という小説を上梓したこともある、作家志望のモダンな才女。

日本の傀儡《かいらい》国家であった満洲国には、建前上とはいえ「五族協和」（日本人・漢族・朝鮮族・満洲族・蒙古族が協調して平和に暮らすこと）のスローガンが掲げられていた。にもかかわらず、横暴な日本人が他の民族を差別し、迫害していることに、少年時代の彼は強い憎悪と憤りを感じたという。日本軍が処刑した現地の人の生首を晒している光景などに、言い知れぬショックと不条理を感じたと語っている。人は共同体のルールにいったん疑問をもってしまうと、その時点で疎外の要素が発生してしまうのだ。

「自筆年譜」（一九六〇年）によれば、中学時代は数学（特に幾何）と昆虫採集（！）が好きで、中国人しかいない迷路のような旧市街の探検に夢中になり、スポーツは剣道と陸上二千メートル走の選手だった。一方、その頃から「世界文学全集」や「近代劇全集」を読んで文学にも目覚めたようだ。とりわけエドガー・アラン・ポーに強い印象を受け、よく友人にその物語を語って聞かせていたらしい。

一九四〇年、東京の成城高校理科乙類に進むが、翌年、結核療養のため一年間休学、満洲に戻る。やがてドストエフスキーやリルケなどの文学、ニーチェやハイデガーなどの哲学に熱中するようになる。日米開戦のとき、ドストエフスキーの全集を図書館から順に借りて読み漁っていた十七歳の彼にとって、戦争よりも『カラマーゾフの兄弟』の第二巻が誰かに借りられているのではないか、という懸念のほうが切実な問題だったと、後年のエッセイ「テヘランのドストイエフスキー」（一九八五年／『死に急ぐ鯨たち』所収）に書いている。安部公房青年はドストエフスキーの文学に「どんな愛国思想よりも魅力にあふれた魂の昂揚」を感じていたのである。

十九歳で高校卒業後、東京帝国大学医学部に入学。戦争が激化する中で精神状態が悪化し、松沢病院で斎藤茂吉の診察を受けたりもしたとあるから、よほど苦しい青春時代を過ごしていたのだろう。

四四年、二十歳のとき、海軍のある高級将校から日本の敗戦が近いとの噂を聞き、友人と結核の診断書を偽造して新潟から船に乗り、満洲に帰った。内地で「一億玉砕」するのは御免だと思ったのである。「その友人の父が、仕事の関係上馬賊(?)に知り合いが多いというので、馬賊の仲間入りをさせてもらうつもりだった」と自筆年譜に記している。

この友人は小学校四年以来の親友、金山時夫。敗戦後の混乱の中、満洲の新京(現・長春)で死亡することになる金山は、安部公房のデビュー長編小説『終りし道の標べに』(一九四八年)の主人公のモデルだとされる。

四五年、その地で敗戦を迎えると、彼は満洲国の崩壊とともに、ソ連軍の侵攻や、中国共産党軍(八路軍)、それから国民党軍による入れ替わりの占領を目の当たりにした。医師だった父は診療先での発疹チフス感染により、死亡してしまう。

翌四六年、国民党軍に家を追われた一家四人(母、公房、弟、妹)は市内の住居を転々。公房の発案で、酒石酸《しゅせき》と重曹を混ぜ、サッカリンと砂糖を調合したサイダーを製造して売り、生活費を稼いだ。その頃、奉天の街で彼が衝撃を受けたのは、支配者がいなくなり無政府状態になっても、変わらずに市《いち》は開かれており、都市の市民生活は営まれつづけている現実だったという。ただし一番恐ろしかったのは、戒厳令下の深夜に民家を襲う、憲兵上がりの日本人の強盗だったとも、NHK教育テレビのインタビュー(一九八五年)で語っている。

だが、そうした不安と恐怖に曝される反面、どうやら解放感を味わってもいたらしい。「父に代表される財産や義務からの解放。階級や、人種差別の崩壊……」(「自筆年譜」)。この、不安や恐怖と、自由な解放感が表裏一体になったような感覚は、「砂漠的なもの」に畏怖を感じつつも魅惑されてしまうような、この人の根底にある感覚だろう。

そんなアナーキーなたくましさと、いっそ馬賊になってやろうとか、風呂場でサイダーを作って売るようなサバイバル能力も、私にとって安部公房という人物の魅力である。私は生きるスタイルに囚われない傍若無人で気骨のある人に強いシンパシーを覚える。生き延びるタフさとは、こういうことだろう。その体験があるから、彼が生み出すのはいわば質実剛健で、細部まで満遍なく肉付けされた文学なのだと思う。

私はたとえば村上春樹の小説のように、小洒落《こじゃれ》た固有名詞が頻繁に用いられ、みっともなさや情けなさですらスタイリッシュに回収されていくような文学が苦手だ。人間を特別視しているような文字の羅列に、浮薄で脆弱なものを感じてしまう。

その人の想像力を形づくる土壌のようなものが、どんな成分の土でできているか。そこにどんな植物や作物が育つか。子供のうちから人間社会の容赦ない不条理さやひどさを日の当たりにしてきた人は、その土がよく耕されているので、いろいろなものが栽培できる。しかし現代の多くの子供は、土地が痩せているどころか、土に触れさせてさえもらえない。これをしてはいけない、あんな人と付き合っちゃダメ、そんなもの読んじゃだめだと無菌状態のような教育を受けている。それでは土のいらないエアープランツみたいなものしか栽培できないだろう。

やっぱり地球にしっかり根を張れる文学でないと、いざというときに身を助けてはくれない。私たちは所詮地球の産物なのである。不条理や孤独や苛酷さと真正面から向き合い、負の感覚をしっかり機能させていかなければ、精神性の人間は生き物として完全体にならない。精神を甘やかし続けていては、クマやキツネやさまざまな動物が地球に馴染みながら、自らの機能を全力で駆使して生きていくレベルまでは達することができないだろう。見たいものしか見ようとせず、知りたいことしか知ろうとせず、信じたいものしか信じない、そんな現代の人間たちで構成された社会を思うと、息苦しくなる。

さて、一九四六年の九月、安部公房の一家は奉天を発ち、引揚船の出る葫蘆《ころ》島へ。乗船待ちの収容所生活を経て、病院船に仕立てた貨物船の船倉に詰め込まれ、なんとか佐世保に到着。だがそのとき、上陸間際に船内でコレラが発生し、港の外に十日ほども繋留《けいりゅう》するはめになった。「発狂する者まであらわれた」（「自筆年譜」）という異常な体験は、私が大好きなサバイバル小説『けものたちは故郷をめざす』（一九五七年）の中に生かされている。

安部公房という作家の原点は、何といっても少年時代から二十二歳までのほとんどの時間を過ごし、敗戦により失われた故郷、満洲にある。いくつもの異民族が共存する都市。そしてその都市のすぐ外側には、何もない広大な荒野が地平線まで広がっている。学校の裏手には砂山があり、すぐそばまで砂漠化が進行していたという。夏の暑さは苛烈で、冬は極寒に凍りつく。ある日突然砂塵とともにやってくる春の前触れとして、凍った地面の割れ目に小さな緑色の草の芽がのぞくのを、少年はしゃがみこんでじっと眺めていた。そんな風土で育まれた感性と、ありったけの辛酸を舐めた敗戦後の体験が、安部公房の出発点である。

作家についての基本情報として、まずはそのことを押さえておきたい。

人はなぜアイデンティティに縛られるのか？

さて、「定着」への固執や「いとわしい競争」に満ちたこの社会で生きていくには、自分の存在を証明するアイデンティティが必要になる。

人はどうしても、自分が他者にどう映っているのかを意識し、他者を鏡のようにして、自分自身を構築していこうとする傾向がある。日本人は特にその傾向が強そうだ。他者に自分がどのように見えているかなど関係ない、などと思っている人には滅多に出会わない。私ですら日本に滞在している間は、よそ様にとって自分がどう見えているかが気になってしまう。日本ではよく海外の人から日本や日本人がどう見えているか、というテレビ番組をやっているが、あれこそまさにそうした性質が顕在化したものだろう。

だが、よそ様という鏡は、いかようにも自分が歪められて映るものである。たとえば精神状態がよくないときの夫の鏡に映っている私は荒《すさ》んでいる。相手に象《かたど》られている自分に腹が立って、こちらの態度も悪くなる。自分では納得のいかないことであっても、誰かが褒めてくれると短絡的に嬉しいのも、けっきょくはそういった鏡の精神作用によるものだ。

そんな風に、他者を鏡として自分のアイデンティティを映し出し、存在を証明しようとする人間の関係性に、安部公房はたぶん早くから気づいていたのだと思う。これは『砂の女』の次の長編『他人の顔』（一九六四年）において典型的に描かれるテーマだが、『砂の女』に関して言えば、仁木順平はいきなり、まったく自分を映してくれるものがない状況下に置かれてしまう。それまでの社会生活と違って、話のまるで通じない「女」か、崖の上から見下ろす老人や村人たちしかいない。

誰も自分のことを知らないし、「おれはこんな人間だ」と説明しても、誰も聞いてくれない。他者が認めてくれなければアイデンティティなんかない、ということになってしまう。

作中には、「あらゆる種類の証明書……契約書、免許証、身分証明書、使用許可証、権利書、認可証、登録書、携帯許可証、組合員証、表彰状、手形、借用証、一時許可証、承諾書、収入証明書、保管証、さては血統書にいたるまで……」と列挙するくだりがあるけれど、証明書が羅列されればされるほど、その無意味さが際立つようだ。けっきょくはすり鉢と同じで、人は不自由さに絡めとられていく。そして今やマイナンバーやデジタルによる個人情報の登録・管理の時代である。人はますます空疎に記号化されていくだろう。

安部公房の初期の短編には、人が変形して物質化し、何だかわからなくなって消えてしまう話がいくつもある。そこでは、他者に自分の存在を証明してもらうことの危うさも描かれているのだと思う。カフカの『変身』の主人公グレゴール・ザムザにしても、他者から見た姿は虫になってしまっているけれども、本人の意識のうえでは人間であるという、引き裂かれたあいまいな状態だ。

つまり、そもそもそんなに脆いアイデンティティというものに、どうして自分という存在は固執せざるをえないのか。そこに安部公房は大きな疑念を抱いたのだろう。満洲育ちの彼にとっては、流動的な砂の中で、人間たちが築いたものがいつぶっ壊れてもおかしくないと、実感として思えたはずだ。この小説でも触れられている通り、かつてのローマ帝国やペルシア帝国の繁栄した古代都市が、砂に亡ぼされ、呑み込まれてしまったように。

それは大陸の砂漠だけでなくて、日本という風土でも同じことだろう。いきなり地震が来て町が崩壊するかもしれないし、ふいに土砂崩れが起きて、何もかも泥まみれになって流されてしまうかもしれない。そんな、何一つたしかなものはない中で、なぜ私たちは生きてきた証しを残すことにこだわるのか。

何者かであろうとする虚しさ

最近私がよく感じるのは、世の中の人の多くが、しばしば「生まれてきたからには、何か社会の役に立たなければ」という意識を持つことへの疑問である。生まれてきた証しと意味に囚われている生物が他にいるだろうか？　なぜそんなに自分を追い詰めなければならないのか？

私の母は、レビー小体型認知症になり、どんどんいろいろなことを忘れていってしまった。けれども私はその様子を見ていて、むしろ安堵する気持ちになった。なぜかというと、オーケストラのヴィオラ奏者で、ヴァイオリンの先生もしていた母が、以前はお弟子さんのために何かをしなきゃいけないとか、「あの子は才能があるから音楽家にしなきゃ」とか、みんなに音楽の良さをわかってもらうためにコンサートをやらなきゃ、とかいった義務感を果たそうとするために奔走していたのが、今ではそんな思いに囚われることのない、ごくふつうの人になったからだ。元気な頃は「私は他の人たちと話が合うわけがないから、老人ホームなんかには入れないで」などと言っていたくせに、いざ病院に入院してみると、同じ病室の老人たちと仲良くやっていた。自分は何者かであろうと頑張っていた母と比べると至極穏やかで、見ていてほっとした。

自我意識とか、利己性とか、存在証明とか、自分が生きた証しを何か残そうとして、それに縛られて人は苦しむ。生まれてきたからには、何か社会の役に立つことをしないとまずい。そういう強迫観念に囚われてしまう。

安部公房の小説では、そんなふうに何かにしがみついて生きようとする人物が、最終的にはその虚しさと向き合うことになる顛末が描かれることが多い。アイデンティティにこだわる。自由にこだわる。希望を持ちたがる。でもその結果、どうなるかを容赦なく教えてくれる。そんな文学である。だからそれこそ不条理な現実の中で、苦い思いをしているときこそ、反発を感じることなく入っていけると思う。

これが「人間万歳」「絆が大切」などと人間至上主義的なものだったら、嘘くさくて読めないだろう。「絆」という言葉を美徳のように今の人たちは使うけれど、そんな言葉に操られなくたって、人間はまとまる時にはまとまる。そういう状況になれば、扇動されなくたって、いやでもみんながつながらなきゃいけない。絆という言葉は人を無条件に拘束する、不自由なしがらみだ。「家族の絆」などとさぞかし美しい理念のようにうたわれる言葉だって、血縁というだけで結束しなければならないという暗黙の了解がある。親子である限り良き理解者であらねばならないなんていうのは、人間にとって一番身近な群れへの帰属を義務づけるかのような、都合のいい倫理的妄想なのではないだろうか。

そんなことも安部公房は容赦なく暴き出していく。人間が身にまとっている重い甲冑《かっちゅう》をどんどん脱がせていって、脆弱でおどおどした生き物としての人間の姿を容赦なくさらけ出す。『砂の女』もまさにそうした小説だろう。

失踪の顚末

『砂の女』の話に戻ろう。

縄梯子を外され女の家に囚われた男は、炎天下、砂の壁をスコップで掘り崩そうとするのだが、なだれを起こして崩れてきた砂に埋もれ、気を失ってしまう。そしてそのまま数日間、寝込んでしまった。

男は女との幽閉生活の中で、さまざまな計略をめぐらせる。まずは女を縛り上げ、砂掻きの仕事をボイコットして、縄梯子を下ろし自分を解放するようにと村人に要求する。しかし水の配給を断たれ、渇きの苦しみに堪えかねて、あえなく降参してしまう。

その間、汗で皮膚に貼り付いた砂をお互いに拭き合ううち、男は女と性関係を結んでしまう。かつて性病に感染したことのある男は、そのことに神経質になり、別居した妻らしき女性（「あいつ」）との性交時には必ず避妊具のゴム製品を使っていたことを回顧する。もちろんそのせいだけでもあるまいが、妻との性関係はよそよそしく冷え切ったものになっていたようだ。「情熱を失ったというよりは、むしろ情熱を理想化しすぎたあげくに、凍りつかせてしまった」というのが彼の解釈だ。だが、砂のすり鉢に暮らす女との行為は、男にとって剝き出しの「がつがつした情欲」を掻き立て、原始的な興奮を呼び覚ます。「アメーバからつづく、何十億年もの歴史をひかえた性欲」「無数の化石の層をつみ重ね、のりこえてきた、人類のけいれん」は、「まるで彼の肉体を借りた別のもののよう」に、個体を超えた種の本能となって、男を駆り立てる。

それからしばらくして、再び次の脱出計画が実行に移される。男はまだ諦めてはいない。

ほぐしたシャツを撚《よ》り合わせ、縄などをつなぎ合わせてひそかに作ってあった長いロープの先端に、鋏《はさみ》をつける。乱暴な性交のあと、女が疲れてぐったりと眠り込んでいる隙に、それを投げ縄にして、屋根の上から何度も崖の上に放り投げると、そのうちの一投がうまい具合に滑車代わりの俵に食い込んだ。男は四十六日目にして、ついに穴の底からの脱出に成功するのである。

火の見櫓《やぐら》からの監視を避けながら、夕暮れの砂丘を逃走する男。ところが、犬や追手に追われて走りながら、気づくと「塩あんこ」と呼ばれるぬかるみに足を取られてしまう。底なし沼のような、湿った砂の吹き溜まりの底へずるずると沈んでいきながら、男は思わず「助けてくれえ!」と叫ぶ。追ってきた村人たちに救出され、けっきょく逃走は失敗に終わった。

十月になり、男は家の裏の砂地に、カラスを捕まえるための罠を仕掛け、それを《希望》と名づけた。掘った穴に木の桶を埋め、餌の干魚を仕掛けた簡単な装置。あわよくば、捕まえたカラスの脚に手紙を結びつけて逃がそうというのである。だが、賢くて用心深いカラスは一向に罠にかからない。

あるとき、「一日に一度、たとえ三十分でもいいから、崖にのぼって海を眺めることができたら」と、男は崖の上の老人に交渉する。すると老人は、

「あんたたち、二人して、表で、みんなして見物してる前でだな……その、あれをやって見せてくれりゃ、こりゃ、理由の立つことだから、みんなして、まあ、よかろうと……」

つまりは公衆の面前で性行為をしてみせろという要求を示す。

「めっそうもない！」と呆れて逃げ帰る女に、「たのむよ……（略）真似事でいいんだからさ……」とすがりつき、女を家の外へ引きずり出す。女は激しく抵抗し、男の下腹を肩で突き上げ、顔面を何度も拳で殴りつける。崖の上で熱狂し、興奮して卑猥な歓声をあげていた見物の村人たちは、みるみるしらけて、静かに立ち去ってしまう。

何週間かが過ぎ、雨も降っていないのに、カラスの罠の桶の底になぜか水が溜まっているのを男は発見する。砂の毛管現象により、ポンプのように地中の水が吸い上げられていたらしい。この発見に、男はひそかに興奮する。研究すれば、もっと高性能の貯水装置が作れるのではないか。

やがて長くきびしい冬になり、砂掻きの仕事と並行して、二人はビーズ玉を糸に通す内職に精を出す。貯金してラジオと鏡を手に入れるのが、女の慎ましい希望だった。冬が過ぎ、春になって、三月のはじめにラジオがやっと手に入る。女は幸福そうに、ラジオのダイヤルを半日回し続けた。

その月の終わりに女は妊娠した。二か月後、女は出血し激痛に苦しむ。子宮外妊娠だったらしい。町の病院に入院させることになり、半年ぶりに縄梯子が下ろされる。村の男たちが女を布団にくるんでロープで吊り上げ、連れ去った。女は「視線がとどかなくなるまで、涙と目脂でほとんど見えなくなった目を、訴えるように男にそそいでいた」。

縄梯子はそのまま残された。男はゆっくりと崖の上に登り、黄色くにごった海を眺める。ふと穴の底を見ると、溜水装置の木枠が壊れて外れている。その修繕のために引き返した男は、そのままじっとうずくまる。

べつに、あわてて逃げだしたりする必要はないのだ。いま、彼の手のなかの往復切符には、行先も、戻る場所も、本人の自由に書きこめる余白になって空いている。それに、考えてみれば、彼の心は、溜水装置のことを誰かに話したいという欲望で、はちきれそうになっていた。話すとなれば、ここの部落のもの以上の聞き手は、まずありえまい。今日でなければ、たぶん明日、男は誰かに打ち明けてしまっていることだろう。

逃げるてだては、またその翌日にでも考えればいいことである。

以上、ざっとあらすじを最後まで追ってみたが、このようにして、仁木順平という男の失踪の顚末が明かされ、物語は終わる。そして七年以上、彼は行方不明となったまま、家庭裁判所の「失踪宣告」を受けることになったわけである。

『砂の女』をどう読むか？

この小説の場合、日本のムラ社会的なもの、土着的なイメージに焦点を絞っているところが、とりわけ海外で日本文学として受け入れられやすかった点なのかもしれない。私がそんな印象をもったのは、イタリアで、イタリア語の翻訳で最初に読んだからだと思う。

イタリア人にとってはやっぱり、特に「女」のイメージが印象深いらしい。西洋文学の発想の中ではあまり出てこないような、忍耐強く、静かでありながらも、粘性の強いタイプの女だからだ。男を家に引きずり込んでそこから出さないというのは、ある意味で強い女ではあるけれども、「どうせ、こんなふうですから」と自分を卑下し、「すみません……」とひたすら謙虚で低姿勢な態度でいる。そこには逆に弱々しいもののもつ、ふてぶてしい強さと恐ろしさがある。そこがいかにも日本的だと受け取られたのではないか。そもそもイタリアの女はすり鉢の底で暮らしたりなどしないだろう。

仁木順平は、一応社会に適応してきた人間として、教師の給料ももらえる立場で生きている。しかもちょっと進んだ人間社会の中にいて、妻との不穏な関係性だったり、職場における教育論や組合運動での思想的な問題だったり、田舎の人にとってみたら何だかよくわからない、次元が異なる世界観をもった都会の男である。そんな彼が砂丘の村にやってくると、そこにあるきびしい世界を底辺のものとして、やっぱり上から目線で見てしまう。

あたかも文明人から見た未開民族のような構図だ。ところが未開と称されている人たちにももちろん別種の世界観があり、それは自らを強者と思っている文明人から見ると、弱者の恐ろしい凶暴性として映るだろう。そこもまた、日本という風土の独特な要素として、欧米をはじめとする海外に広まりやすかったのではなかろうか。

ムラ社会の閉鎖性や、村八分のような排除の論理は、今でも同調圧力やいじめなどの社会問題として、日本でとりわけ特徴的なものとして捉えることができる。もちろんそうした主題も『砂の女』にはある。けれども私たち日本人にとっては、その情報はむしろ自明であり、日常的に「あるある」なことで、わざわざ取り上げて客観視する対象でもないだろう。

それよりもやはり、「自由」を求めて、自分が何者かでありたいという人間が、「実直な情熱」という名の狂気に追いやられていく、失踪の物語として読むことに、この作品の眼目はあると思う。

イタリアで最初にこの作品を読んだあと、彼氏にも読ませてみたのだが、「なぜこの男は昆虫が好きなのか？」とか「日本にも砂漠があるのか？」とか、彼は自分とは共有できない情報の段階で引っかかってしまった。日本から日本語版の『砂の女』が送られてきて読んだあと、さらにそうした描写が概念的なものでしかないことがはっきりとわかってきた。それ以降、あまり海外で安部公房について話すことはなかった。もちろん卓越した読者は海外にだっている。でも、そうした私的な体験を振り返ってみると、安部公房の文学が海外に開かれていく中では、もしかしたら作者の意図していなかったところで受け取られた部分もあるかもしれないと思うのだ。私の『テルマエ・ロマエ』が時々ナショナリズム的な解釈で捉えられてしまうように。

作者本人としては、ガルシア＝マルケスを「地球儀に住む」作家だと言い、中南米という一地域の文化としてのエキゾチックさに惑わされてはいけないと語ったように、自分の作品もそのように読んでほしいと思っていたはずだ。安部公房はマルケスの作品を、南米のエキゾチックな情景や動物や風習に捉えられながら読むのは間違っているとはっきり言っている。

とはいえ、やっぱり『砂の女』は、海外では日本的でエキゾチックな部分に着眼されることも多かっただろうと想像する。実際三十年ほど前にイタリアで再版された『砂の女』

は、髷《まげ》を結った日本女性の後ろ姿の日本画が表紙になっていた。

「女」の持つ独特の恐ろしさ

『砂の女』で一番強烈なコンテンツは「女」である。すぐに感情を露わにし、言いたいことをはっきり言語で示し、時には大暴れさえするイタリアなどのラテン系の国々の女性や、女性の人権を強く社会に反映させている北欧などの女性にとって、この「女」はありえない存在かもしれない。だが私たち日本人の視点からして見ると、すり鉢にこそ住んではいなくても、こういう性質の「女」に思い当たる節があるのではないだろうか。

この女は、話が進めば進むほどに、凄まじい「業」に囚われていることが見えてくる。業というのは、セレブ志向でキャラの濃い、物欲と権威欲に塗《まみ》れたバブリーな人という安直な意味ではない。女は、貧しくて何ももっていないのに、自分の朽ちかけた家にしがみつき、恐ろしいほど執着している。この村が砂を工事現場に売っているという話を聞いた男が、「冗談じゃない！　こんな、塩っ気の多い砂を、セメントにまぜたりしたら、それこそ大ごとだ」と批判すると、それまでの受け身な態度とは打って変わり、「かまいやしないじゃないですか、そんな、他人のことなんか、どうだって！」と冷ややかに男の正義感を突き放す。

この女は黙々と自分の状況を受け入れているようでいながら、ごくたまにこうした自分の意見を激しく口にするのだが、普段は男の言いなりになっている分、ごくたまに炸裂するこうした自己主張に、極めて利己的で冷徹な女の業を感じさせられる。

たとえば小津安二郎の映画を観ると、とにかくひとりものの女性に対する結婚へのこだわり方が尋常ではない。時代といえばそれで片付けられてしまうが、それにしても、女の人生には結婚以外の選択肢がないような話の流れには面食らう。男どもは自分の周りにいる独身の女たちを「片づけないと」と気を揉み、直接本人に向かっても「早く片づいちゃいなさいよ」などと言う。原節子が後家役の『秋日和』(一九六〇年)では、彼女を取り巻く男どもが「まずは後家さんから片づけて、次はその娘さん」と、今ならハラスメント扱になるようなことを平気で話している。

そんな男どもの横柄な態度を、女たちはにこやかに「そうですねえ」と受け入れている。少なくとも私の周りの欧州人から見ると、この女たちは心の中でいったい何を考えているのだろうかと不思議に思うらしい。私たちからすれば、小津の時代くらいまでは、表面的には女の生き方としてそういうあり方があったことを知っているし、お見合いをして結婚することも、社会的な一つの単位として至極当たり前のことだった。女として生まれてきたからには、結婚という儀礼を必ずどこかで選択しなければならないという考え方を、女たち自身もたぶんしていたと思う。

『砂の女』の場合はその究極というか、小津の映画のようにスタイリッシュではなく、洗練されてもいないのだけれど、むしろ本能的な形で、自分の立場を卑屈なくらい引いてみせる。

カマキリのメスは、産まれてくる卵の栄養のためにと、交尾しながらオスを頭からバリバリと食べてしまうこともあるが、この「女」の生態はカマキリほどアグレッシブではなくても、オスはメスなしでは子孫を残せないという実態をわかっているから、罵られようとなんだろうと、毅然と愚かな態度を取り続けていられるのかもしれない。

男のほうは生存の証しとして、新種の昆虫の名とともにに自分の名前を残したいと思っているが、一方、女のほうは、砂崩れで夫も娘も亡くした身の上である。自分の所有するものは家しかないし、死んだ夫と娘の骨が埋まっているからと言いながら、家に対する執着心も凄まじい。そこにオスが入ってきた。当然、メスはオスを捕まえて交尾したい。そこで遺伝子を残せれば、自分の生を全うできる。彼女は、時々都会からきた男の言動に戸惑い恥じらいながらも、そんな本能によって実直に突き動かされている。

女は決して馬鹿ではない。ムラ社会で象られてきた女のあり方のようなものをコントロールしてなぞりながら、決して男を挑発するようなことはせず、一歩も二歩も引いた立場で、いつも「すみません」と謝ってばかりいる。そして肝心なことについては黙り通して答えない。何度も口にする「すみません」の代償に、とにかく遺伝子を残したいという女の業が、ひたすら感じられてならないのである。

女の抱いているささやかな風俗的希望といえば、ラジオだ。女はやたらとラジオの所有を夢見ている。すり鉢状の穴の中で、外の世界とつながったラジオだけあれば、彼女の世界は一生そこから外に出ていかなくても完結させることができる。最後に子宮外妊娠をして、外に連れ去られるときに、映画版では（安部公房によるシナリオでも）「いやだ……いやだよ……」とうわごとのようにつぶやく。巣穴で生きている生き物という立場を象徴するような印象的な言葉だ。自分のテリトリーを守り抜きたい、自分の巣の中にいたいという執着心なのだろう。

こうして作品の内容を辿っていくと、『砂の女』というのはタイトル通り、この女の物語だという見方もできる。主人公であるはずの仁木順平は、女が何者であるかという解釈を引き出すための登場人物ということになる。

男に対して一日に何度も「すみません」と謝りながら、男に傅《かしず》く女性というのは、繰り返すがキリスト教の倫理観が根づいている社会にはなかなか存在しない。イスラム圏や、過去にイスラムの統治下にあった南欧などの男女にはそういう性質もどこかあるかもしれないが、「すみません」を繰り返すようなことはない。

イタリア人の私の夫は、イタリアの女も怖いけれど、日本の女は違う意味でもっと怖いと言っていたことがあった。みんなとても礼儀正しく親切で、グラスの中身が減れば即座にワインを注ぎ足してくれるうえ、脱いだ上着までたたんでくれる。けれども、そのどこか女性として儀式化した仕草や一定に保たれた笑顔の底にあるものが全く見えなくて、それが怖いのだという。つまり、体裁としては優しくしてくれるけれど、どこか値踏みされている気がするのだそうだ。アメリカの航空会社の客室乗務員はフランクで雑だけれど、日本のキャビンアテンダントは謙虚で腰が低く、礼儀正しい。あまりに親切すぎて、彼女たちに「この男がもし自分の夫になったらどうか」と値踏みされているような気持ちになるのだという。

普段イタリアではヒステリーになったり言いたいことを言いたいだけ言う女たちばかり見ているせいか、いささか考え過ぎているようにも思えるが、いくら現代の女性が強くなったとはいえ、日本の女性、特に社会でバリバリ働いている職種の人にほど、『砂の女』的なものを感じることが私にもある。社会の中で男性と同等に頑張りながらも、良き栄養素となる財力も名声もあるような男性を虎視眈々《こしたんたん》と常に狙っている女性を何人か知っているが、彼女たちは男性の前では自分を卑下し、小津安二郎の映画に出てくる腰の低い女性のような片鱗をのぞかせるように振る舞っている。あれは、西洋人の女性にはなかなか真似はできないと思う。

そんな日本の女たちの性質を安部公房は認識していたのかもしれない。当時の彼の私生活を詳しくは知らないが、きっと過去に女性を巡る問題がいろいろあったのだろう。そうでなかったら、妄想と想像力だけで男性の作家がひとりの女をこんなふうに描写できるとはとても思えない。おもしろい小説というのは読めば読むほど必ずその作者の経験をベースにした思惑や考え方が見えてくるものなのだ。

『砂の女』で肝心なのは、小説の終盤になると、仁木順平がこの女に対して愛情のようなものを抱くような素振りや言動を見せ始めるところだ。すり鉢の蟻地獄に陥って、その主である女のものになっていく自分に抗おうとしない、あの部分の描写は、男女の関係性という狭い解釈としてではなく、人間という、社会単位を必要として生きる生物に向けられたものだと捉えている。

すり鉢は日本の縮図

つまり、『砂の女』という作品のシチュエーションは、日本の社会そのものの縮図と言えるだろう。

コロナで二年間も日本に居続けていると、頻繁に世界を動き回っていたときには気がつかなかった日本の側面が見えてくるようになる。もともと、世界における一方的な西洋化についてはは気になっていたのだが、コロナの対策や人々の反応などを観察しているうちに、西洋式の社会のありかたを日本人が根本的に共有することはできないのではないか、ということを感じるようになってきた。

西洋では古代のむかしから、社会を統括する人材には圧倒的な弁証力が求められているが、いくら日本がG8みたいな場で先進国に足並みを揃えようとしても、欧州の首脳のようなスピーチをすることは叶わない。なぜなら日本では、弁証能力などそれほど強く問われることはないし、むしろ人前で自己主張を強くする人は嫌われてしまう傾向がある。それは日本人の気質がもたらした社会性であり、日本にはそんな日本人に適応した社会を統括するもっと良い方法があるのかもしれない。

日本は明治維新以降、西洋式の政治形態や教育に学んで頑張ってきたけれど、まだ爪先立ちの状態で、地に足が着いていないのではないかと思うことが多々ある。実は日本の社会は未だに文明開化の途中でありながら、無理やり西洋的なやりかたがすっかり馴染んでいるふりをしているだけなのではないか。テクノロジーや経済面ではそれなりに大国という結果を得られているように見えるが、経済的に成功した国が西洋社会の構造をすべて共有できるかというと、そういうことではないのではないだろうか。

第二次世界大戦の敗戦後、焼け跡からの復興の煽りと、負けず嫌いの気持ちが稼働していったことで、何か拍車がかかってしまい、本来自分が持っている速度以上の速さで進もうとしてしまった。自分なりの速度で動くべきなのに、うわべだけが遠心力で回っているような感じというか、ヒラメにマグロのように泳げといっても、生態も種類も違うのだから無理なのである。

明治維新で教養人たちがイギリスやドイツに触発されて国のシステムの構造改革を図り、戦後はマッカーサーがやってきて、あらゆるものをアメリカナイズし、音楽や映画といった大衆メディアを通じてアメリカ式のどちらかといえばピューリタニズムの倫理観が人々の間で浸透し始める。その移り変わりの中で、日本人というのはみんなが一斉に同じ方向に向かって進み、けっきょくは個人より全体の協調性や調和を優先するようになっていった。今でいう〝空気を読む〟傾向もどんどん強くなる。協調性より個性を重視するヨーロッパの社会では、日本のように空気を読むニーズが戒律的な性質を帯びることはない。

それを踏まえて『砂の女』を見ると、すり鉢の穴自体が日本という風土の特徴を象徴しているようにも思えるし、仁木順平は西洋化された個人と捉えることもできる。村の人たちからすれば、教養や知性や個性は邪魔なものでしかないので、穴の中で日本の風土に合ったメンタリティに叩き直そうとする。要するに反知性主義の縮図と言っていい。村人は「愛郷精神」というモットーで結合しており、この村では、砂は乾いたバラバラなものではなく、湿り気と粘り気を帯びた、集合的なポテンシャルなのだ。

そう考えていくと、この小説が、明治維新から戦後を経てきた、日本社会の過渡期そのものを象っているような印象を帯びてくる。村人たちのメンタリティや女の業は、日本という国の性質や国民に内在しているナショナリズムをレトリカルに表現したとも言えるのではないだろうか。

砂漠の中の希望

少しグローバルな視点に置き換えて、『砂の女』の世界を捉え直してみよう。すり鉢が「保守」で、仁木順平は「革新」という具体的な解釈である。

新しいものを受け入れられない保守と、そこで排除され、時に弾圧される革新的なものとの相克。そんな保守的な社会に対する怨嗟《えんさ》。これはイタリア人であろうとアメリカ人であろうと、ロシア人や中国人であろうと、あるいはイスラム圏の人であろうと、どこの国の人でも共通に感じ取れることだろう。日本社会の特殊性や文化的なエキゾチシズムに固執せず、そうした広角な読み方ももちろん可能だろう。特殊性と同時に、地域や民族性を問わない普遍性がなければ、この小説が現代世界文学の古典とまでいわれるはずもない。

ふと思い出したのは、シリアに住んでいた頃のことだ。シリアから紅海のアカバ湾の方まで、ヨルダン川を南下し、映画『アラビアのロレンス』の撮影地でもあったワディ・ラムという場所に行ったときのことである。何もない砂漠のど真ん中で、飲み水を切らしてしまった。水を買おうにも、どこにも売っているところなどない。

そこに黒い服を着た影のような老婆がひとり、どこからともなく歩いてくるのが見えた。駆け寄っていって「この辺りで水を手に入れられる場所はないですか？」と聞くと、そこから何十キロも先にしか貯水槽がないという。老婆は徒歩でそんな場所を歩いているのだから、明らかに近くにある村か遊牧民のテントかどこかで暮らしているはずだ。それなのに、水がなくて困っている私たちに対して助けてくれる気配はまったくない。私たちがそこで渇いて野垂れ死にしようが自分には関係ないと言わんばかりだ。だが、布で覆われた顔から覗く二つの老木のウロのような目からは、彼女の心情を窺えるような表情は全く読み取れない。

そのとき私は、このあたりで三大宗教が生まれたという理由がわかった気がした。水もない、食べ物もない、草一本も生えていない。さらに、人間にも頼れない。こんなところに生まれてきたら、何かにすがろうと思っても、何もない。捉えどころのない砂と岩しかないのだ。それは要するに「壁」だろう。その壁の向こうに見えてきた一神教の神が、ユダヤ教の神ヤハウェであり、イスラム教のアッラーであり、キリスト教のイエス・キリストである。それだけが彼らにとっての《希望》、仁木順平のカラスの罠みたいなものなのだ。

実際に砂漠の真ん中で、私は人生で初めて安部公房の描いた砂の恐ろしさを実感した。砂という地質は人間が生き延びる過酷さを率直に表している、越えられない壁なのだ、と。

砂は別の現象や条件に形を変えて、見えない砂漠の体《てい》をなすこともある。「東京砂漠」という歌があるが、砂漠を都会と置き換えてみると、資本主義の経済の中ではお金が水と同じである。つまりお金がなければ生き延びられない。経済的に潤っている人にはオアシスがあるけれど、そうでない貧しい人には砂漠しかないのだ。

『砂の女』の世界は、そんな一神教の三大宗教を育んだ、苛酷な環境にも似ている気がする。そこで仁木順平は《希望》というカラスの罠から偶然に、溜水装置を発明してしまう。それがあれば、自給自足ができる。何かにすがらなくても生きていけるようになる。同時に移動をする必要もなくなり、生き延びるうえでの必須条件である水が補給できるのであれば、その場に留まりつづけていられるのだ。

農耕民とノマド、定住と移動、正統と異端

それはあたかも、農耕文明の始まりを象徴しているようにも感じられる。人類の生き方は大河流域で発達した四大文明にも象徴されるように、水が確保できる地域で発達した農耕定住型と、場所を移動し続けるノマド（遊牧民）型とに二分された。仁木順平は流動する砂に憧れ、あたかも定住を拒否するかのように妻とも別居し、さまよいながら砂丘に辿り着いたわけだから、どちらかと言われればノマド型の人間だろう。自由に動いて、欲しいものがあるところへ移動していく。そして自分を満たすために「採集」をする（この場合は昆虫だが）。

そんな彼の人間としてのあり方が、砂という壁に囲まれた中で生き延びていくための作業に絡めとられていき、ノマドから定住型へと転換を強いられる。この小説の終盤には、その瞬間が描かれているような気がする。

初版本の函に記された「二つの自由」、すなわち「鳥のように、飛び立ちたいと願う自由」と「巣ごもって、誰からも邪魔されまいと願う自由」とは、「ノマド的な放浪」と「農耕民的な定住」とも言い換えることができるだろう。それはそのまま、安部公房がよく挙げる「都市」と「農村」というテーマにも結びつく。

西洋的な個人である都市のノマドは、必要とあらばある種の全体性が発生するにして

も、基本的にはバラバラに生きている。一方、農耕というのはやはり共同体の産物であり、個人主義は許されない。常に協調性と調和が優先される。かつてソビエトが推進した、農業の集団化（コルホーズ、ソフホーズ）も同じだが、それは自分たちの開墾した土地を守るための強靭な組織を作っていくうえで最適な社会構造であり、それに反発する仁木順平のような異端は許されない。

この砂丘の村のような小規模な共同体における集団化の行き着く先は、国家ということになる。

異端であった仁木順平は、やがて定住型の保守的思想に飲み込まれてしまう。この共同体で生き延びていくためには、余計な知性や教養という盾を捨てなければならない。中国の文化大革命やカンボジアのポル・ポト派（クメール・ルージュ）に象徴される反知性主義が、村人たちの自覚のない状態で根付いている。

仁木順平は知識人だから、昆虫の名をはじめいろいろなことを知っているけれど、そんな知識はすり鉢では何の意味もなさないし、インテリ・知識人の教養や知性は、せっかくうまいことまとまっている社会の安泰を揺るがす要素にしかならないと断罪されてしまう。タリバンやＩＳ（イスラミック・ステート）の蛮行、そして中国やロシアの統治の姿勢を見ていると、知性や教養がもたらす効果に対して権力者が抱く脅威というのは、もう払拭できないのかもしれないとも思う。

そうすると『砂の女』のすり鉢の村は、とどのつまり、巨大な国家組織の縮図としても捉えることができる。

ファシズムとインテリ——究極の問い

面白いのは、この村には仁木順平の他にも、捕まっている男たちがいることだ。他のすり鉢に囚われているのも、やはり都会から逃げるようにやってきたインテリで、切羽詰まってさまよっていたような人たちらしいのだ。

一人は観光用絵葉書のセールスマン。砂丘の景色を絵葉書にして売り出そうと勧誘にやってきたのだが、並びのすり鉢に捕まって、体が弱かったために病死したという。なんとも浮世離れした儚《はかな》さを象徴する存在だが、これもまた安部公房らしい。

もう一人は「帰郷運動」(一九五〇年代半ば頃に、学生活動家が郷里に帰って地方で左翼運動を拡散しようとした動き)の学生。この学生は村に政治宣伝のパンフレットを売りに来て、捕まったらしい。「三軒おいた隣」に今もいるはずだという。

このシチュエーションは日本と限らず、もっと枠を広げてみれば、知識人や教養人を弾圧してきた反知性主義のファシズムに近い。『砂の女』の世界観を、ファシズムないしは全体主義の比喩と捉えて読むこともできるだろう。

この小説が生まれたのは、まだ戦争が終わって十七年目の頃だから、戦前および戦時中のファシズムの記憶は、まだ人々の中に生々しく残っていたはずだ。そこに、作者自身もコミットしていた、戦後の左翼運動の興隆や挫折も、もれなく反映しているだろう。教師というインテリである仁木順平の回想には、組合活動に熱心な職場の同僚である「メビウスの輪」とともに、彼が左翼的な労働運動に関わっていたらしい場面も表現されている。

視野の狭い状況から解放され、みんながまだ手探りで生き、枯渇した喉を潤すように貪欲に知性を求めていたメンタリティの時代。この作品が生まれる頃にはちょうど六〇年安保闘争というピークがあり、インテリがまだ革新において指導的な役割を果たすとされていた時代である。もちろん、あの当時と今とでは時代背景が違うので、この作品の読み方も違ってくるだろう。とはいえ、特にここ最近、社会全体を包みつつある不穏な空気を踏まえると、この本の発売当時と同じような琴線に触れる読者もいるだろう。

言論の自由や表現の自由が世間によって制限されている今の時代を、〝笑うファシズム〟として捉える見解もある。憲兵隊にしょっぴかれるわけではないが、私たちは人の目を気にし、疎外を恐れて、言えることと言えないことを選別して生きていかなければならない。そうした自由の抑圧に正義感を抱く人々も多いようだから、となると『砂の女』という作品を、仁木順平がファシズムに絡めとられた犠牲者と見るよりは、「こんなおかしな人間は、捕らえられて当たり前」と思って、すり鉢の村を肯定する読み方をする人もいるかもしれない。余計なことを考えたり、余計なことをしようとするから、大変な思いをする。だからおとなしくすり鉢で暮らしていればいいだけじゃないか、と。

仁木順平ははじめ、湿り気を帯びた定住や帰属に対して拒絶感や反発心が強く、そんな帰属から逃れて、あくまでも流動的で乾いた砂漠的な場所へやってきた。しかしいざそこで囚われの身となるや、自分の肩書や証明書など、都会生活のアイデンティティにすがりつき、かつていた社会の帰属のほうに戻ろうとして必死になる。この矛盾したみっともなさがまた、ある意味で情けなくもあり、リアルである。

自分が自由な人間であることを認められるということは、同時に社会から絡め取られることでもある。承認とはけっきょくそういうものだ。自分が表現したことが認められることによって、それが自分自身を縛ることにもなる。自由の獲得とは、何にもすがれず、頼ることもできない、心許ない生きづらさを痛感することを意味している。人間のアイデンティティとは、どこまで行っても不条理なのだ。

都会では自由なように見えても、けっきょくはそこもまたすり鉢なのである。そのすり鉢の壁が、砂でできているのか、コンクリートでできているのかの違いであって、所詮はどこもかしこも壁に囲まれた社会でしかない。妻や同僚たちとの人間関係も壁である。そして壁はまた、突き詰めて考えてみれば、有限な命そのものということもできるだろう。有限、という意識自体が壁の本質なのだ。我々はそんな壁とどうやって生きていけばいいのか。それがこの作品からの究極の問いとなる。

壁の外に自由を求めるのか、それとも壁の中の自由なのか。そもそもなぜ人間は己の特異性にこだわり、解放と自由を欲するのか。『砂の女』には、そんな問いを一貫して問い続けた安部公房文学の神髄が、きわめて鮮明な形で、シンプルに浮かび上がっているといえるだろう。

今この時代に、再び多くの人に読んでもらうべき作品であることは間違いないと思う。

第二章

「世間」の壁

『壁』

詩人と画家の極貧生活

イタリア留学時代の私は絶望的に貧乏だった。そのせいか、『砂の女』をきっかけに読み漁った安部公房の数ある作品の中でも、とりわけ戦後間もない時代に書かれた初期の作品が、私の心と体に染みるように入ってきた。

その頃の作品では当時の私同様、登場人物も作者もとても貧しかった。そのことが当時の私が特に感情移入しやすかった理由の一つだろう。しばし年譜や評伝などを参考に伝記的事実を追ってから、この章では初期の短編作品を見ていこうと思う。

一九四六年、満洲から母と弟・妹とともに引き揚げた安部公房は、北海道の東鷹栖村《ひがしたかす》（現・旭川市）にある母の実家に家族を残し、単身上京すると東大医学部に復学。

翌四七年三月、東京・中野の「名曲喫茶クラシック」で、女子美術専門学校（現・女子美術大学）を卒業したばかりの画家の卵、山田真知子と出会い、すぐに結婚（谷真介編著『安部公房評伝年譜』によれば、婚姻届は五〇年十一月）。

安部公房はこの頃リルケの影響を受け、繊細で抒情的な詩を書いていた。しかしガリ版刷りの自費出版で『無名詩集』を発行するも、ほとんど売れず。心機一転、長編小説「故郷を失ひて」に取り組む。

その原稿は高校時代の恩師の紹介で、作家・埴谷雄高《はにやゆたか》に送られ、『終りし道の標べに』

と改題のうえ、四八年に雑誌掲載され作家デビュー、および真善美社から単行本刊行。同年（二十四歳）、絶対に医者にはならないという条件でようやく大学を卒業。妻の真知子は安部真知の名で同時期に画家デビュー、のちに公房の本の装丁や挿絵、さらには舞台美術にも活躍することになる。

当時、二人は友人・知人宅を転々と間借りしながら、野菜の味噌漬けや炭団《たどん》の行商をしたり、紙芝居を合作したりして辛うじて糊口《ここう》をしのいだという。餓死寸前の栄養失調状態で、公房は売血もしたらしい。真知夫人はポスターや雑誌のカットを描いたり、編み物の内職をしたりもした。だから当時の短編（たとえば一九四九年の『夢の逃亡』）に貧しい男女が出てくると、どうしても当時の安部公房と真知夫人の生活を思い浮かべてしまう。五〇年から文京区茗荷谷《みょうがだに》の物置小屋を改造して住んだときも、トタン屋根の隙間から星空が見え、冬には粉雪が布団に積もるようなバラック生活だったようだ。

イタリアでの若い頃の私と同じように、無名の詩人と絵描きのカップルの極貧生活だから、どうしてもシンパシーを感じてしまう。若き日の安部夫妻にも多分にボヘミアン的な感覚があったのだと思う。むしろ貧乏が創作の糧《かて》になって、公房は文学に邁進し、真知夫人は精力的に絵を描いた。もちろんお腹は空くけれど、脳の栄養だけは足りているのだ。気が狂いさえしなければ、頭はお腹いっぱいになれる。想像力と創作力は豊かになる。

爆発的な創作活動

戦後、一九五〇年代あたりまでの安部公房初期の創作数は爆発的に多い。その量を見ただけで、当時生きていくのがいかに大変だったのかが窺い知れる。私もそうだったが、創作に集中することで、厳しい生活から気を紛らわせる部分もあったのではなかろうか。

『砂の女』以前のこの時期の作品の多くはまだ、方向性を模索する段階のものである。だから哲学的・観念的で、散文詩風の思弁もあれば、空想的なファンタジーや寓話、あるいはドキュメンタリー的な方法によるリアリズムの要素の強い小説もある。

ただし、根底にあるものは一貫している。どれを読んでも、安部公房のメインテーマは、生きることとの不条理との格闘ということに尽きると私は思っている。自分が自覚する自分自身と、外側から捉えられた表面的な自分との齟齬《そご》や乖離《かいり》。これはどんな若者でもみな一度はぶち当たる葛藤だろう。そこでもがき、そこからどうやって出ていくか。自分を社会に馴染ませて生きていくのか、それとも自我を貫きとおして自分の思想を持ち続けるのか。その葛藤の中でもがいている。初期の作品には、そんな新鮮で若々しい感性があふれ出ているのだ。

それは実存的な問いである。アイデンティティの模索の中で、この社会のどこに、自分が帰属する場所があるのか、あるいはそんな場所などないのか。そうした探求がしだいに具体的になっていく過程が、初期作品群の中にはある。

当時の安部公房はまた、芸術運動や政治活動にも積極的に関わった。

一九四八年に、画家・岡本太郎と批評家・花田清輝《きよてる》の主宰する前衛芸術・文学グループ「夜の会」に参加。特に花田清輝から強い影響を受ける。また、椎名麟三《しいなりんぞう》、梅崎春生《うめざきはるお》、島尾敏雄、武田泰淳、三島由紀夫らと同時に、雑誌「近代文学」の第二次同人にもなる。

そして若手文学者と画家たちの「世紀の会」を組織し、会長となる。

一方、五一年には日本共産党に入党し、「世紀の会」を解散。党員として工場などでオルグ（勧誘活動）をし、「下丸子文化集団」を作り、労働者たちの詩集をガリ版で発行した。私の恋人だったイタリア人の詩人は筋金入りの共産主義思想の持ち主だったので、そこもつい重ねてしまう。やはり生活の辛酸を舐め、不条理と向き合って生きてきた人は、若い頃に左翼思想を抱く傾向が強いのだろう。

その後も、一九五二年結成の「現在の会」、五七年結成の「記録芸術の会」に中心メンバーとして参加。また戯曲や映画シナリオ、ラジオドラマや草創期のテレビドラマのシナリオにも挑戦する。交友関係と活動範囲を広げながら、ジャンルやメディアを越えた集団的な活動を活発に展開した時期でもある。

タカなどの猛禽《もうきん》類やトラのような動物とは違い、ヒトは群棲の生き物だから、どうしても集団を作らざるをえない。創作者の場合には、何か組織体を作らないと、孤立したままでは自分が稼働しないことがある。もちろん文学は孤独でもできるが、当時の安部公房はおそらくそこに限界を感じて集団にコミットし、その中でよりパワーのある表現の可能性を探求したいという思いがあったのだろう。とはいえ、集団の解体と再組織化を繰り返しながら、最終的には孤立の道を選ぶことになるのだが。

『テルマエ・ロマエ』は「魔法のチョーク」で描かれた

一九四九年の短編『デンドロカカリヤ』で、安部公房は初めて、植物に変形する主人公を描いた。とりわけ初期作品に多い、ファンタジックでアレゴリック(寓意的)な変形譚の始まりである。記念すべき主人公の名は、英語でごく普通であることを意味する「コモン君」だ。

コモン君はふと心の中で何か植物みたいなものが生えてくるのを感じた。ひどく悩ましい生理的な墜落感。(略)まったく変なのさ、コモン君は急に地球の引力を知覚したんだ。(略)足が見事に地面にめり込んでいる。なんと、植物になっているんだ!

コモン君の顔はその瞬間、裏返しになる。とても恐ろしいことが起きているのに、それを面白おかしく、フレンドリーな文体で語るスタイルがこのとき生み出された。「緑化週間」のビラが貼られた街で、デンドロカカリヤという植物に変形したコモン君は、政府の保証つきの植物園の展示物にされてしまう。

一九五〇年の短編『魔法のチョーク』では、貧しくて食べる物もない画家の「アルゴン君」が、場末のおんぼろアパートの部屋の壁にチョークで絵を描くと、それが実体となって現れる。リンゴやパンやコーヒーといった食べ物や飲み物、はては裸の美女まで。しかし最後にはすべて元の壁の絵に戻ってしまい、壁の絵でできた食べ物を食べ続けたアルゴン君自身も、壁の絵の中に吸い込まれてしまう。

小説の冒頭、汚い下水溝に仕掛けた金網から残飯の屑《くず》を集め、それを洗って食料にする場面があるのだが、のちに本人が語ったところによると、どうやらそれは作者の実体験らしい。

この小説にはほんとうに身につまされた。自分も貧しくて食べる物がないときに読んだからだ。この寓話は、あたかもアルタミラの洞窟壁画のように、捕まえたい獲物を描くことで力を得ようとした古代人を彷彿《ほうふつ》させる。

ちなみに私が漫画『テルマエ・ロマエ』を描いたのは、長きにわたる海外生活で、なかなか浴槽のある家に暮らすことができなかったからである。当時、お湯に浸かりたくて死にそうになっているとき、気持ちよさそうに風呂に浸かっている日本のおじいさんの絵を描いていると安心できた。『魔法のチョーク』の貧しい絵描きと同じである。つまり発想の飛躍は欠乏から生まれてくるのだ。その意味では安部公房ゆずりと言ってもいいかもしれない。

一九五一年、帰るねぐらのない男が空っぽな繭《まゆ》に変形してしまう掌編『赤い繭』で、第二回戦後文学賞を受賞する。

ああ、これでやっと休めるのだ。夕陽が赤々と繭を染めていた。これだけは確実に誰からも妨げられないおれの家だ。だが、家が出来ても、今度は帰ってゆくおれがいない。

これもまた身にしみる、小さな寓話である。自分が帰属できる場所は最終的に自分自身しかなく、しかしそこに帰属すべき自分は皮肉なことに、場所ができたと同時に消滅してしまっているというのだ。後年展開する「失踪」モチーフの予兆も感じられる。

型破りな「弔辞」

そして一九五一年の『壁──S・カルマ氏の犯罪』で、第二十五回芥川賞を受賞。

その作品をはじめ計六編を収録した作品集『壁』を、月曜書房から刊行した。三部構成で、第一部が「S・カルマ氏の犯罪」、第二部は「バベルの塔の狸」、第三部は「赤い繭」(『赤い繭』『洪水』『魔法のチョーク』『事業』の四編)である。

『壁』の序文は本書プロローグで引用したとおり、石川淳が寄せた。まだ駆け出しの新人である「安部君」に対する愛情がみなぎった文章で、石川淳みたいな狷介《けんかい》孤高の凄い先輩作家からこんな序文をもらったら、作家冥利に尽きるだろう。

安部公房はのちに「石川淳と別れる会」(一九八八年)の際、弔辞《ちょうじ》で「ぼくも石川さんの救命ポンプに救われ、はげまされた一人です」と述べ、「石川さんからはまたいくつかの批評文をいただきました。たんなる批評文というより、それ自身が一個の作品として成り立っている見事なものでした。瞬時、翼を与えられたように錯覚したほどでした」と語っている。『壁』への序文はその最初のものだろう。

それにしても、これは儀式嫌いの安部公房らしい、実に型破りな「弔辞」である。なにしろ、「いわゆる弔辞をのべるつもりはありません。弔辞というものは、ナメクジにかける塩のようなものです。危険なもの、不穏なものを消してしまうための呪文にすぎません」と始まるのだ。まるでストイックな少年のような言葉である。

その中で安部公房は、「石川さんの書斎のなかで、石川さんがトイレに立った隙をねらってせっせと火鉢のなかをほじくりかえし、灰のなかから吸殻をあつめてポケットに捩じ込んでいるのでした。帰りしなになにがしかの電車賃をもらったこともあります。金額についてはっきりした記憶がありませんが、それで当時のぼくはすくなくも二日の食事を確保できました」と若き日のエピソードを語る。「根本的なところで」二人が相通ずるところがあるとすれば、それは「たぶん生来のアナーキストだという点」とも述べる。

若き日の貧しい安部夫妻は、石川淳にご馳走になったり援助を受けたりして、物心両面で世話になったようだ。そして安部公房は以後、師と仰ぐ石川淳への敬愛の念を、生涯にわたり持ち続けた。

このエピソードからも、僭越ながら私はイタリア留学時代を思い出す。私と詩人も、当時フィレンツェにあった文芸人が集まるサロン「ウプパ」で、スパゲッティをご馳走になったり、主宰の老作家から帰りしなに電車賃をもらったりしたものだった。だからやっぱり、若く貧しかった頃の自分と重ねて、心を動かされてしまう。

壁そのものへの変形――「S・カルマ氏の犯罪」

芥川賞受賞の出世作『壁――S・カルマ氏の犯罪』は、作品集『壁』に組み込まれ、その第一部をなす。これは原稿用紙二百六枚と短編にしては長めの作品で、作者が好んだルイス・キャロルの『不思議の国のアリス』風の、ナンセンスな笑いに満ちている。

目 を覚ましました。

朝、目を覚ますということは、いつもあることで、別に変ったことではありません。しかし、何が変なのでしょう？　何かしら変なのです。

そう思いながら、何が変なのかさっぱり分らないのは、やっぱり変なことだから、変なのだと思い……歯をみがき、顔を洗っても、相変らずますます変でした。

ためしに（と言っても、どうしてそんなことをためしてみる気になったのか、それもよく分らないのですが、）大きなあくびをしてみました。するとその変な感じが忽ち胸のあたりに集中して、ぼくは胸がからっぽになったように感じました。

物語はこんなふうに飄々とした「です・ます調」の語り口で、平易かつユーモラスに語られていく。滑稽な詩や歌がたくさん挿入され、おかしな問答が頻出する。

主人公で語り手の「ぼく」は、ある朝、自分の名前を失ってしまう。朝食を食べに行った食堂で、つけの帳面にサインしようとしてもできない。名刺入れもからっぽになっているし、身分証明書や手紙などからも、ことごとく自分の名前が消えている。

勤め先の火災保険会社に出勤し、名札を見ると「S・カルマ」と書いてある。それは自分の名前のようではなく、同時に自分の名前らしくもある。「カルマ」とは古代インドのサンスクリット語で「罪業」の意味。「ぼく」は、自分のデスクで「別なぼく」が仕事をしているのを見てしまう。その正体はなんと「ぼくの名刺」だった。

そのあと行った病院の待合室に「スペインの絵入雑誌」があり、サルヴァドール・ダリの絵などとともに「砂丘の間をぼうぼうと地平線までつづく曠野《こうや》の風景」が載っていて、それに魅せられた「ぼく」は、いつのまにかその風景の中に立っている。我に返ると、雑誌のページからその写真が消えている。「ぼく」は眼から胸の空洞の中に、凝視した曠野の風景を吸い取ってしまったことを知る。

それから動物園でラクダを危うく吸い取りそうになったり、珍妙な裁判にかけられたり、深夜に上着やズボンや靴や眼鏡やネクタイや帽子、万年筆や手帳が奇妙な革命集会を開いたり、恋人のY子がマネキン人形になったりする。

《旅への誘い！　世界の果に関する講演と映画の夕べ。》のシーンでは、曠野の風景が映っているだけの映画が上映される中、映写技師がこんな講演をする。「みなさん自身の部屋が世界の果てで、壁はそれを限定する地平線にほかならぬ。（略）真に今日的な旅行くものは、よろしく壁を凝視しながら、おのれの部屋に出発すべきなのであります」。代わってスクリーンに映し出されるのは「ぼく」の部屋。「ぼく」は背中を突き飛ばされ、スクリーンの中に入ってしまう。すると「ぼく」は部屋の中で「彼」という三人称に変わっている。

壁はしめっぽくふくらんで見えました。それは、彼の先住者たちの生活を、吸取紙のように吸収した、もう一つの壁の顔なのでした。不意に彼は暗い呪いが彼と壁との間に立ちふさがるのを見ました。壁はもはや慰めなどでなく、耐えがたい重圧でした。それは人間を守ってくれる自由の壁ではなく、刑務所から延長された束縛の壁でした。

ここではすでに、本書プロローグで述べたような「壁」の二面性が語られている。すなわち人間の自由を束縛する牢獄の壁と、人間を自然から守ってくれる壁。そんな壁から目をそらすことのできなくなった「彼」は、ついに壁を吸収してしまう。

「成長する壁調査団」副団長のユルバン教授こと「パパ」が、動物園のラクダに乗って

「彼」の眼の中に入っていくシーンでは、涙の洪水の中、「ノアのミイラ」が乗った方舟を乗っ取ろうとするエピソードがあって興味深い。のちに発展する「方舟」のモチーフである。

そして最終的に「彼」は「胸の中の曠野で成長している壁」によって、急速に人間の姿を失い、全身が「一枚の壁そのもの」に変形していくのである。

見渡すかぎりの曠野です。
その中でぼくは静かに果てしなく成長してゆく壁なのです。

この作品には安部公房文学の根底を貫く「壁」の主題が、タイトルも含めて直截に現れている。では、人間の壁そのものへの変形には、いったいどんな寓意があるのだろうか。

生きることは楽しいことか

私は最初にこれを読んだとき、この主人公は名前を失い、社会への帰属を拒絶されたけれど、けっきょくは自分自身が壁という、人間が乗り越えることのできない実存的な象徴そのものに完全になりきってしまったのではないか、と感じた。

壁というものを予定調和的な、人間が全体に同化し一切の個人的な思想を持つことのできない、物理的な人間の扱いのこととして捉えてみる。すると同時に、社会的な圧力を壁という物質に照らし出しているようにも感じられるのである。

人間が壁そのものになること、あるいは『デンドロカカリヤ』のように植物になることは、そのような物理的現象と化すことによって、生きる葛藤から逃れられる、ということでもある。それは自分のアイデンティティを消し、同時に自由を放棄することにもなる。

社会はいつも人民に対して、壁の中にいることを求める。「みんながバラバラでいるよりも、壁の中にいてくれたほうが守れるから」という名目でそういう体制を、よき配慮として民衆に提示する。私たち人間は当然危険な冒険をするより安全な壁の中にいたいと願うから、社会制度に従属して生きていこうと思うわけだ。会社に就職するのも、結婚するのも、社会から何か生活の保障を得ることも、壁というしがらみの中で生きていく、という意味にもなるだろう。

反対にフリーランスで生きるとか、私みたいに漫画家という水商売だったら、明日の生活がどうなるかなんて全くわからない。壁はないかのように見えて、実はそこには生きるか死ぬかの壁がある。つまるところ、生きることの不条理さこそが壁なのである。だからやはり壁は安部公房にとって、実存の定義すべてを表しているのだ。壁と人間はいつだってセットなのである。

長編『けものたちは故郷をめざす』(一九五七年)では、主人公の少年は壁を突き破り、壁のない荒野をひたすら歩くのだが、生きるか死ぬかの荒野自体が実は壁である。『砂の女』だって、壁のない自分を探しに砂丘に行ったのに、砂のすり鉢の中に入って、最後は壁の中で生きることを選ぶ。その原型がこの『壁』にあるのだと思う。

たとえば広い体育館のようなスペースで、一人で好きなように寝ていいと言われたときに、ほとんどの人は真ん中で寝ようとしないだろう。むしろ壁際に寄り添うようにして寝るほうを選ぶ。広大な空間という壁に向き合うことを恐れ、自分を守ってくれるだろう物理的な壁に寄りすがるのである。ヒトは群棲の生き物だから、孤立して野ざらしの状況に置かれると、ことごとく弱い存在になってしまう。

けれども安部公房は、群れることに対して、常に違和感や抗いの気持ちを持っていた。白い羊の群れの中にも「黒い羊」はいるのだ。黒い羊とは、集団の中で逸脱した異質な成員を指す言葉だが、安部公房はそんな生き方が保証されない社会に抗っている。

それはおそらく、彼に帰属する場所がないことと関係があるのだろう。故郷は出生地である東京なのか、本籍のある北海道なのか、または幼少期から青年期まで育った満洲なのか、よくわからない。家族で移住をした満洲は、多様な価値観が交錯するかりそめの国であり、それが敗戦と同時に失われてしまったことが、アイデンティティ喪失の理由として大きいと言える。そうした出自の拠《よりどころ》のなさが根幹にあるから、愛郷精神とか愛国心に対する嫌悪感や拒絶反応が生まれるのだと思う。

戦争という巨大な不条理を体験したことも重要だろう。わが家で飼っている虫たちを見ていても、羽化したとたんにみんな一斉に喧嘩を始める。繁殖への本能に突き動かされ、メスをめぐって生きるか死ぬかの争いをする。野生に生きるほとんどの生き物には、安息や、太陽の光を浴びながら「生きるっていいな」などとしみじみしている余裕はない。池のカメは甲羅干しをしているが、あれは別に呑気に日向ぼっこをしているわけではなく、変温動物だから体温調節をして代謝を上げたり、体内でビタミンを合成したりする必要に駆られてだという。いつ敵がやってきて襲われるかわからない、という緊張が彼らから解かれることはない。

戦争とは、人間という生態の持つ残酷さが露わになった一つの例だ。だから人間は遺伝子を絶やさないようにするために、宗教や倫理を作り出して調整するしかない。ホモ・サピエンスは嘘や忖度《そんたく》を覚えることで、地球上で最も支配性の強い生き物になったそうだが、幸せという人生観もまた、ホモ・サピエンスとしての特徴だろう。そもそも生き物にとって、生きること自体は別に楽しいことでも幸せなことでも何でもなく、ただ苛酷さと向き合うことを意味している。「壁を乗り越えればそこにユートピアがあるかもしれない」などという妄想も含めて、人間は残念ながら自由の中でも壁に囲まれて生きているのだ。

社会での居場所を求めて

作品集『壁』の第二部をなす「バベルの塔の狸」は、「貧しい詩人」の語り手が主人公。名前は「K・アンテン（安天）」。このボヘミアン風の主人公は、とりわけ当時の作者本人の肖像に似ているような気がする。公園のベンチで「空想とプラン」に耽る彼は、詩ばかりか「科学的な発明」や「数学の問題」について考え、「女たちの脚」を眺める。

彼が手帳にいつもメモしているのは、「（食用鼠）、（立体顕微鏡写真）、（液体レンズ）、（時間彫刻器）、（倒立式絞首台）、（人間計算図表）」など奇想天外なものばかり。ただしどれも実現不可能なただの「空想とプラン」に過ぎず、その手帳を彼は「とらぬ狸の皮」と呼んでいた。するとある朝そこに奇怪な獣が現れ、彼の影を咥《くわ》えて地面から剝がし、奪い去ってしまう。この獣こそ「とらぬ狸」だった。影を奪われた彼は透明人間になり、しかも宙に浮かんだ二つの眼玉だけが消えずに残ってしまう。

新潮文庫版の『壁』には、「S・カルマ氏の犯罪」とこの「バベルの塔の狸」に真知夫人の挿絵が入っているのだが、それがまた心に差し迫ってくる力がある。

この作品には、実際に「貧しい詩人」だった作者の切実な葛藤を感じる。東大医学部を出て医者になろうと思えばなれたのに、「貧しい詩人」になることを選び、文学というメンタルな要素を優先順位の最上位に持ってきてしまった。しかし、表現者といういわば精神面での第一次産業従事者は、経済性や生産性重視の資本主義社会では、いてもいなくてもいいような存在である。私も中学生の頃、画家を目指したいと告げた進路指導の先生から、「絵画なんて何かの片手間に趣味でやることでしょう。稼げる職業を選ぶべき」と言われて衝撃を受け、その流れで十四歳という年齢でヨーロッパに一人旅に出たわけだから、その葛藤はよく理解できる。おそらく当時の安部公房は、自分が帰属すべき社会のあるべき可能性を探り、居場所を求めて共産主義に向かったのだろう。

私は二十代前半で社会主義国のキューバにボランティアに行ったとき、詩人であろうと絵描きであろうと、医者であろうとタクシー・ドライバーであろうと、みんな同じ給料をもらい衣食住を保障されて生きていることに感動し、最初は「なんて理想的な社会なんだろう」と驚いた。ソ連崩壊後、アメリカによる経済封鎖の最中だったので誰も彼もが貧乏なのだけれど、どこを向いてもみな貧乏だから、他人との比較はナンセンスでしかなくなる。詩人じゃなくて医者の仕事を選べばよかったとか、そんなことは考えなくていい社会がキューバにはあった。

主人公はとらぬ狸と一緒に「バベルの塔」へ行くことになる。その塔に入るためには「シュール・リアリズムの方法」が必要だという。塔の中には歴代の英雄や芸術家の狸たちがいるのだが、ひと際強い存在感を放つのが「ブルトン狸」である。

ブルトンとは、シュルレアリスム（超現実主義）運動のリーダーだった詩人、アンドレ・ブルトンのことだ。私は高校一年生のときに、目一杯爪先立ちをしてブルトンの著書を読んだことがある。PILなどのパンクに傾倒し、坊主頭にして夜中にロンドン系の音楽をかけているディスコに通っていた頃である。当時の私が描いた絵は、ロンドンのカムデンパレスに佇《たたず》むパンクか、キュビズムのようなタッチのものばかりだった。

みながみなそういうわけではないだろうが、若い頃に孤独感や自分自身のメンテナンスの難しさに直面し、社会に対する疑念が生まれてくると、シュルレアリスムという思想に傾倒する時期が一度はあるのかもしれない。超現実主義は実存と密着したものだ。私は学校という組織が自分にこうしろと訴えかけてくるものとの齟齬が激しくなるほど、超現実主義に惹かれていき、現実の大人の社会への反発を強く感じた。

そう考えてみると、やはり若い時期にぶち当たってしかるべき問題が、『壁』をはじめとする初期の安部公房作品には、赤裸々に語られている気がする。

ドストエフスキーの衝撃

安部公房は戦時中の高校時代、ドストエフスキーらの文学を濫読《らんどく》したことによって、世の中に疑問を感じざるを得なくなった。私の高校時代もそうだったが、そうするとドストエフスキーを読んでいない周りの人たちとは、話がだんだん合わなくなってしまう。なぜこの人たちは、壁になっていく道を堂々と受け入れていくんだろう、と不思議に思うようになる。そういえば、石川淳は『壁』の序文でこう書いていた。

「壁について最初の名案を示した人物は、ドストエフスキーでした。（略）ドストエフスキーの智慧に依って、壁は決して人間がそこにあたまをぶっつけるために立っているものではなく、人間の運動に曲り角を示唆するために配置されているものだということが見つかった」

示唆にあふれた表現だ。自分は苦労してもいいから、壁の外に出たいと思う。そのときはまだ、壁の外の自由すら壁であるなんてわかってはいない。けれどもドストエフスキーという作家は、それすらもよくわかっていたのである。あなたたちが思い描く理想は実現できるわけではないと、きわめて容赦のない認識を叩きつけてくる文学だと思う。そしてそんな中で生まれてくる人間の感性や情感を、どこに収めたらいいのかと葛藤することがドストエフスキー作品の根幹だろう。安部公房はまさにそこに打たれたのだと思う。

安部公房ばかりでなく、日本の戦後文学においてはほとんどの作家がドストエフスキーの洗礼を受けている。安部公房の一歳下の三島由紀夫もそうだが、青春期にまともに戦争という不条理な殺戮現象を食らった作家たちのメンタリティは、ドストエフスキーを骨の髄まで吸収してしまう感性を持っていた。

前章でも触れたエッセイ「テヘランのドストイエフスキー」(一九八五年/『死に急ぐ鯨たち』所収)で安部公房は、テレビのニュース映像を見ているとき、空襲を受けたテヘラン市街の瓦礫の中にドストエフスキーの顔が表紙になった本が落ちているのを見つけた衝撃を語っている。「一日に五回アラーに祈りをささげ、拳をふりあげて聖戦を誓うホメイニ信奉者たちのイメージ」のイランにも、ドストエフスキーの読者がいるという事実に驚き、決して体制とは相容れないであろう、その読者の苦しみや辛さに絶望的な思いを寄せると同時に、そこにかすかな一点の希望の光を見たと語る。

革命後のイランのように、宗教と政治権力が一体化しているイスラム圏の国では、強い圧力で人々の思想や行動を儀式的に統制しようとする。現在のアフガニスタンにおけるタリバンもそうだ。女性が教養を身につける自由すら許されない。

そんな状況下でもドストエフスキーを読む人がいること、つまり個別化された思想によって、政治や宗教による儀式的な統制力に抗うことに、安部公房は深く感動しているのである。それはまだ完全に壁化していない人間が生きている証しだからだ。

もし今、安部公房が生きていたら、国家体制による人間社会の儀式的な統制化、たとえば中国で習近平が進めていることなどに対しても、強烈な反発を感じたことだろう。「テヘランのドストイエフスキー」で彼は、イランの孤独なドストエフスキーの読者を、戦時下の自分と重ねている。つまり、全体主義の軍事独裁国家であった日本を、宗教的・政治的に一色に染まってしまったイスラム圏の国家と重ねて見ているのだ。それはそのまま、儀式への不信や、集団的な思想統制への個の反発につながる。

共産主義との訣別

そして共産主義もまた、思想を統制しようとする組織であり、群れであることに変わりはない。意識を統一しなければならないという点で、分散化した思想を持つ人たちの共生が許される社会ではないのである。党員となり、しばらくはコミュニスト（共産主義者）として熱心に活動しながらも、安部公房はしだいに党に対して疑念を持ち始めた。

一九五六年にはチェコ＝スロヴァキアやルーマニアを旅行し、翌年の紀行文集『東欧を行く――ハンガリア問題の背景』にまとめられる文章を発表するのだが、その中の一つで雑誌発表時に日本共産党を批判し、党との軋轢《あつれき》はついに露わになった。

けっきょく、安部公房は『砂の女』を発表する直前、六二年の二月に、花田清輝らとともに日本共産党を公式に除名される。

後年、インタビュー「都市への回路」（一九七八年）の中でこんなことを述べている。

「最近も『水中都市』（引用者注・一九五二年の短編）を舞台化しようとして、久し振りに読み返しながら、びっくりした。あれは僕がコミュニストとしていちばん活躍していたときの作品なんだよ。除名されても無理ないと思ったな。

あの頃僕は、下丸子へんでオルグして壊滅しかかっていた工場の組織の再建をやっていた。（略）いわゆる党の方針とはしじゅう衝突してたけど、まださほど懐疑的ではなかった。けっきょく僕は政党について無知すぎたんだ。読み返しながら、一人で笑っちゃったね」

私もキューバで動かなくなってしまったソ連製の重機のかわりに、手動でサトウキビを収穫するという労働のボランティアを買って出たものの、キューバの人たちは基本的に働く気がないのを目の当たりにした。働く私におんぶに抱っこで、私の士気を笑ったり珍しがっているばかりだった。

決定的だった出来事は、ボランティアの私がハバナの旧市街を歩いている途中でひったくりに遭い、転んで怪我《けが》をしたときのことだ。周りの人は誰も助けてくれないし、逃げていく少年を追いかけてくれる人もいない。ようやく転んだまま呆然としている私のところへおばさんが一人近寄ってきて、「頼むから今あったことは誰にも言わないでほしい。あの子がやったことは人殺しよりも重い罪になる。外国人を狙うのは重罪だから」と懇願された。平和で、みんなお金がなくても満ち足りていて、泥棒が一人もいないはずの社会主義を否定するような出来事だった。国家の恥を見せてしまった人間は、極刑を与えられるというのだ。

そのとき私は、自分が理想に踊らされていたことを実感した。社会主義に夢を見ていた自分に水を差され、ユートピアのイメージは一瞬で崩壊した。衣食住が保障されて、教育や医療も無料で素晴らしいという理想の顔の裏側には、厳しい現実の顔がある。

シュルレアリスムのアンドレ・ブルトンも一時期はコミュニズムに接近し、共産党に入るが、やがて決裂して離党した。安部公房の場合も、共産主義の理想に潜む矛盾に気づいてしまった。そして訣別し、のちに「生来のアナーキスト」を自認するようになる。作品を書き続けていく中で、社会との齟齬や、群れにおける統制の問題を問い続け、答えを探し続けた。その探求が彼の文学の根底を形づくっているのだと思う。

「家族」という不条理

作品集『壁』の刊行と同じ一九五一年の短編『闖入者《ちんにゅうしゃ》』では、語り手の「K君」の住むアパートの部屋に、いきなり縁もゆかりもない見知らぬ家族が押しかけてくる。老婆や赤ん坊まで含むその九人家族は、彼の部屋に勝手に上がり込み、そのまま住み着いてしまうのだ。やがて自分の部屋が、いつのまにか自分の部屋ではなくなってしまう。闖入者一家に、完全に自分の居場所を占拠されてしまうのだ。

画学生だった頃、借りていた家の家賃が払えなくなり、ある日いきなり部屋の鍵を取り換えられて、一緒に暮らしていた詩人ともども部屋を追い出されたことがある。そのとき、自分の部屋なのにもう中に入ることができないという感覚を初めて知った。そういう意味でもこの作品は、当時の私には他人事ではなかった。

彼ら家族は何かとすぐに会議を開き、「民主主義」の名のもとに多数決をし、「ヒューマニズム」を掲げる一方で暴力を振るう。K君の給料を奪い、こともあろうに彼を「ファシストめ！」と断罪する。K君が訴えても、アパートの管理人は部屋代さえもらえればいいと言って相手にせず、交番の巡査も、その家族が知人でないという証拠がなければ事件として扱えないと冷たい。恋人のS子は家族の長男に口説かれ仲良くなってしまう。助けを求めに弁護士を訪ねるが、なんとその家にも十三人の闖入家族が住み着いている始末。

詩を書くという長女のキク子だけは、K君に可憐な同情を寄せ、「あなたを愛してるわ」と告白するのだが、会話は嚙み合わない。「これまでに幾度も、あなたのような方を愛したけど、一度も愛し返されたことはなかったわ」と悲しげに言う。

屋根裏の物置に追いやられたK君は、窮状を訴え告発するたくさんのビラを書き、アパートの屋根から撒いて世間に訴えるが、それも虚しく、疲れ果ててとうとう自殺という解放を選ぶ。

家族とは最も身近な社会組織である。この短編がすごい点の一つは、どんなに理不尽であっても、家族というものの不条理性を受け入れなければならないところだ。家族は絶対的なものだという世間の圧力を、まざまざと感じさせられる。

もちろんこの『闖入者』は、アレゴリックな解釈ができる作品だ。戦後動乱期の政治状況へのストレートな風刺として読めば、この家族は民主主義を振りかざしてやってきたアメリカ占領軍や、それに従属する日本政府の比喩であるという読み方ができる。あるいは、むしろその逆に、先ほど述べた社会主義や共産主義の比喩に置き換えてみることもできる。

作者本人も、のちにこう記している。

「『闖入者』の場合には、ごく単純に言えば、誤解された民主主義、もしくは多数という大義名分の機械的拡大解釈に対する、諷刺がそのテーマの中心におかれていたと言ってもいいだろう。作者としては、たとえば自由に対するアメリカ的神話、もしくは、保守政党の巧妙な多数原理の煙幕的利用、そして、奇しくもそれらとメダルの裏表のように一致している、左翼政党の偽似多数原理……そうした現代の皮肉な現象にホンロウされている、平凡な一市民を描き出すことに最大の目的があった」(「友達――『闖入者』より」一九六七年)

そして『闖入者』は、時代が変わって戯曲『友達』(一九六七年)になり、テーマはより「むきだしの共同体原理の強調」となったという。戯曲のほうでは、善意の微笑みに包まれた家族の、孤独な人間への友情と連帯(隣人愛)の押し売りが描かれることになる。『友達』のラスト近くで、家族の次女はこんな決めゼリフを言う。「さからいさえしなければ、私たちなんか、ただの世間にしかすぎなかったのに……」。屈託がないようでありながら、この〝世間〟という言葉が、日本という国家が実態の見えない圧力の下に置かれた状態にあることを表しているように、私には読み取れた。

戯曲『友達』は、高い評価を受けた(第三回谷崎潤一郎賞受賞)。三島由紀夫は、「連帯の思想が孤独の思想を駆逐し、まつたくの親切気からこれを殺してしまふ物語は、現代のどこにでもころがつてゐる寓話であるが、この社会的連帯の怪物どもは、日本的ゲマインシャフトの臭気を放つことによつて、一そう醜く、又、一そう美しくなる」と評している（三島由紀夫「無題（安部公房「友達」について）」一九六七年）。

おそらく安部公房の作品の主人公たちが理想とする社会は、自由な思想を持つ人間が、一心同体とならずとも、バラバラなまま共生していける社会だろうと思う。対話し、異なる意見をぶつけ合いながら、知的に育まれていく社会。けれども現実は決してそんなふうにはいかない。人間は馬鹿であってほしいという権力側の人間の思惑に飲み込まれていく。『闖入者』の家族はまさに〝世間〟という集団組織に突き動かされている工作員の集団のようだ。

父親である紳士は「言語の生理的発生を研究したパヴロフの仕事を基礎にして」「犬に言葉を教えこむ研究をしている」などと言い、妙な理屈を使って人を操る頭のよさがある。だが他の家族はといえば、アパートの別室に住む未亡人と性的関係を結ぶ粗暴な次男や、「いやらしい、いやらしい」としか言わない母親など、一見無教養な馬鹿にしか見えない。蒙昧なアメーバのような得体の知れない集合体なのだが、それは反知性主義的思想を持った多くの権力者にとって、理想的な社会構成員を具現化したもののようにも見える。

闖入家族の父親は、なんだかんだと理論を立てて、自分たちと仲良く協力さえすれば、君だって生きていけるんだからさ、などと言いくるめようとし、それに反発した主人公は弱者として死に追いやられてしまう。この展開も含めて、この小説は自由社会の構造のメタファーとして読むことができる。社会の全体的な流れに抗ってしまう弱者たちが一貫して犠牲になる、安部公房の一連の短編の中でも、この『闖入者』ほど社会的な寓意を親切に語ってくれる作品はないかもしれない。その点では『壁』などよりもたぶんわかりやすいだろう。

古代ギリシア・ローマと安部公房

しかしどうしてこうも読後感の悪い作品が多いのか。悪いというより、なんでこんな終わり方をしたんだろうと、読み終えた後にしばし考え続けてしまう。主人公はみな人間以外のものに変形したり、消滅したり、行方不明になったりしたまま終わるからだ。ところが、主人公は救われないにもかかわらず、文体はフレンドリーで、ユーモラスなものが多い。『闖入者』も、『壁』の「S・カルマ氏の犯罪」や「バベルの塔の狸」も、やさしい「です・ます調」で、まるでお伽話《とぎばなし》を語られているような印象がある。

私は以前から、初期の安部公房作品とギリシア神話やイソップ寓話との類似性について考えていた。寓話作者としてよく知られるイソップ（アイソポス）は、紀元前六世紀頃の古代ギリシア人で、奴隷だったと伝えられている人物である。

安部公房の短編『プルートーのわな』（一九五二年）は、「誰が猫に鈴をつけに行くか？」というイソップの寓話「ネズミの相談」を素材にしているし、『イソップの裁判』（同年）や『新イソップ物語』（五二～五三年）のような、そのものズバリの短編もある。寓話とは、人間が持つずるさや愚かさなどを、説教ではなく謎かけのような比喩によってわからしめるためのお話である。初期の安部公房には、『闖入者』のように当時の政治や社会状況を風刺する作品も多い。

『デンドロカカリヤ』も親密に語りかけるような文体が特徴的だ。そこにはダンテ『神曲』の「地獄篇」や、ギリシア・ローマ神話のモチーフが出てくる。古代ローマの詩人オウィディウスの『変身物語』には、動植物や鉱物などにメタモルフォーゼする神話の登場人物の話が集められているのだが、きっと安部公房は読んでいたに違いない。

実は意外なところで、安部公房の文学とギリシア・ローマ神話はつながっている。どちらも倫理が稼働していない、神話的な世界なのである。古代ギリシアの時代の人間の精神は、今の社会のような倫理的拘束にはまだ縛られていないが、現代を生きる我々はたくさんのルールによって考え方や発想を統制されている。それは要するに、人為的に作られた、社会構造における「壁」である。だから安部公房が捉えている「壁」は、倫理を意味するところも大きいはずだ。

日本における大きな倫理の壁は、やっぱり世間体の壁だろう。日本は宗教的拘束が少ない社会構造だが、そのぶん世間体というものを優先して物事を考えるようになっていて、いわゆる「空気を読める・読めない」も、壁として生まれてくる意識だ。壁は社会制度でもあるが、その社会制度が何に紐づいているかといえば、やはり倫理なのだ。

ユダヤの律法のように、荒野に倫理の壁をがっちりと構築して、その中で子孫繁栄に適した生き方をしなさいというのが、一神教の厳格な教えである。ところが多神教の古代ギリシアでは、哲学でそれを伝えようとした。知性を研ぎ澄ますための修練である哲学には、一神教のような絶対的な拘束はない。仏教の悟りも神から受領した言葉ではなく、人間である自分たち自身が考え、勤勉に鍛え上げた個の思想という意味で同じだ。だから海外では仏教を宗教としてではなく、哲学として捉えている人たちも多い。ソクラテスやプラトンは、人間の卓越性は徳であり、それを磨くために日々真理を追求するのが人間として〝よい生き方〟だと説き、アリストテレスは人間とはよき共同体の形成を目指す存在だと説く。

けれども、ギリシアの哲学者が提唱するような精神の修練は、実は人間にとってはなかなかハードルが高く、高尚で難しい生き方だと言える。人間は基本的に怠惰な生き物だから、自分で考えるよりも、神の言葉のような誰かの教えにすがって生きたいと思ってしまう。だから、安部公房の初期の主人公たちは、みんなどこかギリシア的な崇高な哲学思想に近い考え方を持った人間たちなのかもしれない。

最終的にはソクラテスも、対話によって若者たちに良からぬ思想を吹き込んだ、社会を害する者として裁かれ、みずからの死刑を受け入れざるを得なかった。安部公房の主人公たちも、それに似た運命を辿ることが多い。もしかするとソクラテスこそ、安部公房文学の格好の主人公なのかもしれない。

「民主主義」の黒い側面

群衆は脅威である。人間の群れというものが醸し出す圧力によって、それが宗教的拘束であろうと、法的拘束であろうと、また日本のような世間体であろうと、調和と統制を維持するうえで「個」は許されざるものとなる。

『闖入者』の父親は、主人公を凶暴に抑圧しながら、同時に「民主主義」と連呼する。アメリカ式に正義のスローガンと化した民主主義の黒い側面が露呈する場面でもある。けっきょくのところ、少なくともこの作品の世界においては、民主主義が人間の自由を保障するなんて、誇大化した嘘でしかない。

民主主義というのは一見、我々人間がそれぞれの権利を主張し、それが守られるという正義感に満ちた思想だが、今回のようにパンデミックによって社会が封鎖されたとき、日本は民主主義を謳っていながら、実は民主主義という体の中で、別のものに縛られていると実感した人たちも多いのではなかろうか。保障もスムーズに稼働しないし、フリーランスや芸術家には生き延びるための保障がなかなか与えられない。経済生産性がなければ人間としての命の保証もないがしろにされる場合があるという、民主主義という体をとった全体主義を感じてしまう。

そもそも、日本という島国に、西洋式の民主主義は果たしてマッチングするのだろうか、ということをこの二年の間に何度も考えた。

民衆が思想を説得力のある言葉に転換して人々の前で発言をし、それに応える人々とともに真意を探るという弁証法は、欧米の教育においては必須のコンテンツとなっている。政界のリーダーになるような人には、こうした弁証法のスキルの高さが何よりも問われるわけだが、果たして日本ではリーダーとなる人にそうしたカリスマ的弁論能力の高さが求められているようには思えないし、日本における世間体というある種の宗教には、そもそもリーダー的な統括をする存在は必要ないのではないか。

西洋の民主主義は、基本的には一神教の倫理から成り立つ社会構造の中で機能している。民主主義の源流そのものは古代ギリシアの多神教的な世界から生まれてきたものだが、その後キリスト教のようなヒーローを扱う一神教が生まれたことで、リーダーシップを持った人を選ぶのが、西洋近代の民主主義の軸となっているように思う。壇上に立つのは複数名のグループではなく、すべての責任を背負っている孤高の存在でなければならない。

それをイタリア人の家族に話すと、「ヨーロッパだって民主主義は崩壊している。リーダーは舵を取れないし、みんな思想的にもバラバラに分断され、弁証力はあっても嘘しか言わない奴もいる」という答えが戻ってきた。私の夫は「民主主義っていうのはあくまでも理想として掲げるものであり、成就できるようなものじゃない。俺たちは民主主義という言葉に騙されている籠の鳥だ」と怒ったように言う。

たしかに、民主主義が現実にうまくいっている社会など、考えてみれば一つもない。アメリカでも暮らしてみたことで、ここは自由経済に民衆が誤魔化されているソビエトだと痛感したことがあった。北欧などは治安が良いし、就学率も高く、失業者に対する保障もあり、女性の社会進出も許されて一見うまくいっているように見えるけれども、実質的には恐ろしく進んだ管理社会という見方もできる。それが成功例なのだとすれば、現在でいうところの民主主義とは、けっきょくはディストピア的な管理社会を意味しているのではないだろうか。

もしかすると日本はこうした不透明な側面を持った西洋の民主主義的体制に何か相容れないものを感じているのかもしれず、そんな眉唾《まゆつば》的思想が露呈しているのが戦後の安部公房の作品なのではないか。

たとえば古代日本の卑弥呼のようなシャーマンが民衆に伝えるのは神のお告げであり、持つべき責任は呪術者としての能力に対してであって、言語力に対してではない。自然崇拝だから、予言が当たらなくても自然という八百万《やおよろず》の神のせいにできる。そこに呪術者の政治的ストラテジーが投じられる場合はあるにせよ、それが間違った結果を生んでも民衆は仕方がないと諦める。しかし、政治家のリーダーの間違いを民衆はそう簡単には許さない。アメリカの統治者は、聖書に手を当てて神と民衆に宣誓を行うが、シャーマンには教典もないし、そんなことをする必要性もない。政治と宗教的倫理の統合はないけれど、欧米諸国とともに先進国の一員として、民主主義と呼ばれる得体の知れない統制力が稼働しているのが、日本の現状のように私には見えている。

安部公房は「シャーマンは祖国を歌う」（一九八五年／『死に急ぐ鯨たち』所収）という講演で、現代日本においても「シャーマンがとなえる呪術のうめきは、いっこうに衰えを見せる気配もありません」と述べた。そうしてさまざまな儀式などによって、ナショナリズムのような「集団化」の衝動を煽っていると警鐘を鳴らす。私も今、それと似た認識に至ったのかもしれない。

ただし、一神教的な土壌からは、おそらく安部公房のような作家は生まれないだろうと私は思う。カフカも不条理だけれど、カフカの根底にあるのはユダヤ教的な律法の世界である。それに対し、古代ギリシア・ローマの多神教的なメタモルフォーゼの世界を、日本の特殊な倫理の土壌に移し替えた形で作品に昇華させていったのが、安部公房なのではないだろうか。

人間の知性や能力が必ず直面する壁

こうして考えてみると、「壁」というのは日本的であいまいな、流動的な倫理としても捉えることができる。流動的な倫理は、流動的な政府による、アメーバのような民主主義を生み、「壁」のかたちは概念化し続ける。

『闖入者』の家族はまさにアメーバのようだ。原始的なアメーバ状の単細胞生物が、まるで細胞性粘菌類のように多細胞の集合体に変形する。

それで思い出すのは、作品集『壁』の第三部に収録されている『洪水』（一九五〇年）という掌編である。人々が溶けてアメーバ状の液体人間になっていき、互いに溶け合って大洪水となり、人類は絶滅するという話だ。「S・カルマ氏の犯罪」同様、ここにも「ノアの方舟」が登場する。ただし、方舟は液体人間で満たされてしまい、生き物たちはみな溺死する。ずっと後年の長編『方舟さくら丸』（八四年）にまでつながる、重要なモチーフだ。

これは究極的な人類の未来を描いたSFとも読める。民主主義の名を借りたアメーバのリーダーは、それを目指しているんじゃないか。人間が水になることを、どんなときでも思想の火を消せる、つまりは刃向かう者もない、溶けた水になってしまうことを。

たぶん若いときだからこそ表現することのできた安部公房の原型の部分が、初期の作品にはある。「なぜ自分は生まれてきたんだろう」「なぜこんなに苦労してまで生き延びなければならないんだろう」「なぜ創作をしなければならないんだろう」と悩みながら、ひたすら表現し続けたのだろう。それは若い頃の私がイタリア留学中に、毎日眉間に皺を寄せながら考えていたことでもある。

当時、日本はバブルの絶頂期で、イタリアに遊びに来た同級生の女の子たちは、貧乏な私と正反対で、簡単なバイトでもどんどんお金を稼いでいた。私が安部公房の話をすると、「マリ、今の時代に何を言ってるの」と相手にされない。そんなとき、私は日本という遠心力から遠くへ弾き飛ばされてしまったような感覚に陥るのだった。バブルの日本は人間全体が浮かれて、煮え立ったお湯の中であぶくがブクブクしているような状態だった。たまたま海外にいたおかげで、私の小さな火は消されることがなかったのかもしれない。もしあのとき日本にいたら、種火を絶やさずに燃やし続けていくのは至難の業だったろうと思う。

安部公房が生きた戦後は、一九五〇年代の半ばあたりから高度成長期が始まるけれど、焼け跡からすべて一からやり直すことで、これまでよりも優れた社会が新たに築き上げられていくのではないかという予感に胸をときめかせていた人も多かった時代だったはずだ。だから花田清輝が推進した前衛芸術運動も、『復興期の精神』（一九四六年）を謳い、日本における一種のルネッサンスをめざそうとした。

ヨーロッパで一三〇〇年代半ばに流行した黒死病、つまりペストは、当時のヨーロッパの人口の三分の一が死んだと言われるほどの猛威を振るった。ちょうど百年戦争の最中だったこともあり、当時のイタリアの有名銀行も、貸し付けた金を回収できずにどんどん破綻した。そんな中で頭角を現したのが新鋭であったメディチ家の銀行で、彼らは文化・芸術・学問に投資することで自らの支持を獲得しながら、心身の豊かさが叶う社会を目指そうとした。それがのちにルネッサンスと呼ばれる文化的社会現象となる。

シュルレアリスムにしても、第一次世界大戦とスペイン風邪のパンデミックで大量の死者が出た後に、文学・芸術、ひいては社会の革命を目指して起こった運動だから、大きな災いによって脆弱化した人間は、復興への貪欲さによって思いがけない結果を生み出す場合もある事例だと言えるだろう。

今回のコロナ禍の後、果たしてそうした文化的な改革が起こるのかと問われれば、もちろん来る可能性はあるとも言えるが、同時に戦後の日本と同じように『闖入者』の父親的な人間に騙されて、アメーバのようになっていく可能性も十分にある。

第一次世界大戦とスペイン風邪によるダメージの中、たしかにシュルレアリスムのような高度な文化も生まれたが、民衆の多くはヒトラーのナチズムやムッソリーニのファシズムに傾倒していたし、日本も軍国主義の国家になり、第二次世界大戦で対戦国にボロボロにされて崩壊してしまった。たしかに戦後の復興の中で面白い文学や芸術もたくさん生まれたけれども、同時に高度経済成長の中で、金の亡者になっていく人もどんどん増殖した。こうした一連の現象は、何が良い悪いと捉えるのではなく、人間の知性や能力が必ずぶち当たる壁として、俯瞰的・客観的に捉えていくしかない。

安部公房はそんな不安定な情勢の中で、貧乏に喘《あえ》ぎながらも俯瞰で人間社会を見つめ、その現象の根幹にある真理を突き詰めようと小説を書きまくった。社会に発生する不条理、たとえば、なぜいまだにＩＳのような集団が生まれてくるのか、プーチンの暴挙は何を意味しているのか、戦争はなぜ発生するのか。そんな疑問を解く鍵になるのが、歴史の学習と、安部公房の文学を読むことだと思う。人間という群集性の生物の洞察記録をフィクションとノンフィクションの双方から深めていけば、我々もまた人間に対して過大な理想主義にも走らず、浮かれることなく冷静な視線で観察できるだろう。

笑いながら、同時に怖い

ちょっと話が飛ぶけれど、トライポフォビアという恐怖症がある。蓮の花托《かたく》やハチの巣のような同一の形状のものが無数に集合しているものに対して発生する恐怖症だが、私はまさにそれで、自分の皮膚の毛穴ですら凝視していると気持ちが悪くなり、ひどいときには吐き気を催すことがある。無数の単純で小さいものが反復された集合体に対する嫌悪や恐怖は、どうやら脳の生理的な反応からくるらしい。単細胞のアメーバの集合体のような『闖入者』の家族にも、私はそれと似た生理的恐怖を感じるところがある。

安部公房という作家は、そうした生理的嫌悪や恐怖を感じさせる不気味なものや、グロテスクで気持ちの悪いゾッとするものを、よく作品に登場させる。彼も幅広い意味でのトライポフォビアなのかもしれない。

短編『無関係な死』(一九六一年)では、アパートの部屋にいきなり見知らぬ他人の死体が転がっているのだが、その即物的な描写が不気味だ。『人魚伝』(六二年)は、全身が緑色の人魚に恋をして、アパートの風呂場でこっそり飼う男の話だが、男は知らぬ間に獰猛《どうもう》な肉食の人魚に食べられ、その肉片から再生した自分が何人にも増えていく。最初はちょっと二〇一七年のアメリカ映画『シェイプ・オブ・ウォーター』を彷彿させるが、その後の異様な展開は、ホラーSFとしても凄まじい。

安部公房はそうした気持ち悪さのインパクトの中にユーモアを繰り出すことで、読者の心に一気に入っていく。恐怖と笑いというこの二つの要素はどちらも人の生理的感覚に入りやすいツールであり、細分化された感情の中でも特に原始的なものだからかもしれないが、どんな人間でもすぐに食らいつくことができるコンテンツなのである。

笑いながら、同時に怖い。そして同時に実存的、即物的である。シュルレアリスム的な突飛な発想の中にシビアなリアリズムを潜ませた南米のマジック・リアリズムこそまさにそれで、ガルシア＝マルケスという作家は特にその二つのコンテンツを自在に操っていた作家かもしれない。だから安部公房がマルケスに強い共感を示したのは当然のことだろう。マルケスのほうもエッセイの中で、一九九〇年の来日時に安部公房とプライベートに会った際、「私はそれまでお茶とビスケットだけを取りながらあんなに笑ったことはなかったように思う」と述懐している（安部ねり『安部公房伝』）。

ブルガリア生まれのスペイン系ユダヤ人で、イギリスに住みドイツ語で書いていた越境者、エリアス・カネッティもそうだ。ガルシア＝マルケス同様、安部公房が晩年に熱心に推していた作家であるカネッティの作品は、たとえば長編小説『眩暈』（一九三五年）など、読んだ後二か月くらいは尾を引くように、不条理な熱に浮かされてしまう。でも、『群衆と権力』（六〇年）という大部の著作をこのコロナ禍下で読んで、私はどれほど救われたことか。群集心理と権力欲を分析したこの論文は、疫病に直面した群衆の反応についても書かれていて、普遍的な人間洞察の書である。

気持ち悪さと笑いのインパクトの共存は、私自身も自分が漫画を描くときに、常に意識している表現ツールである。しかしこのツールを自在に駆使するのは難しく、私も毎回うまくいっているわけではないし、それが上手に駆使できている作家はなかなかいない。さらに安部公房の場合は超現実主義的発想を使って、人間が壁に変形したり、液状になって溶けたりするのだから、そんなセンスはなかなか模倣できない。

なぜそんな発想が出てくるのかというと、一つにはやはり、安部公房は人間社会を含む地球上の現象に対しての観察眼が秀でていたからだと思う。好奇心が圧倒的に幅広い分野にわたり、自然科学から人文科学までカバーしていた。その好奇心と人間観察の中から飛躍して、あのような発想が出てくるのだろう。

そのような唯一無二の発想力がいったいどうやって育まれたのかと考えてみたとき、日本文学における他の作家たちとの著しい違いは、やはり彼には帰属する場所がないということだろう。満洲という幻の故郷で、異文化の多様な価値観が共存しているさまを目の当たりにしたことが、彼の観察眼を磨いていく要因になったのだろうと思う。

それと、砂漠や荒野のように人間の無力さを突きつけられるような圧倒的な場所でしか育まれない想像力というのもあるだろう。季節の移り変わりがわかりやすい日本で生まれ育った人間だったら、黙っていても彩り豊かな自然の絵の具が用意されているが、砂漠で育った人間は黄砂色の光景しか知らないわけだから、花の絵を描くときも絵の具は自分で想像して作り出すしかない。安部公房の脳と想像力は、何も用意されていない砂というデフォルトの単位に囲まれていたからこそ、あそこまで育まれたのではないだろうか。

彼の本籍地である北海道の旭川のあたりも、冬になれば最低気温が零下何十度にもなるような場所である。日本的な情緒的風土とは程遠い。砂漠ではないけれど、その代わり雪のもたらす無情さは砂に近いものがあると思う。冬の北海道はほんとうに厳しく、人間にはいつでも死んでください、と言っているような気候だからだ。

そこはたとえば大江健三郎の生まれ育った四国の谷間の森のような、「うさぎ追いしかの山」の緑あふれる素晴らしい故郷とは決定的に違う。それは満洲にいた少年時代の安部公房にとっては、実態のともなわない幻想的世界だったはずだ。

リアリズムの系列

一方、初期の安部公房作品の中には、ファンタジー的な作品ではなく、リアリズムをベースにした系列もある。どちらかと言うと目立たない地味な作品も多いけれど、そこには私が好きな短編がいくつもある。

たとえば『手段』（一九五六年）。これは、小学生の娘が欲しがる筆箱を、貧しくて買ってやることもできない父親の話である。ベニヤで手作りしてやった筆箱を娘に踏みつぶされた父親が、娘を憎みながらも不憫《ふびん》に思い、簡易交通傷害保険の自動販売機を悪用して、故意に駅で怪我をして保険金を得ようとする。

実はこの短編の一場面は、私の漫画『ルミとマヤとその周辺』の一エピソードにほぼそのまま借用させていただいた。貧しい看板屋の父親が、新しい筆箱を欲しがる息子のために木で筆箱を手作りし、それを息子に破壊されるというエピソードだ。安部公房作品に対する敬意が横溢《おういつ》した結果のオマージュと捉えていただきたい。

また、同じ題材の短編『耳の値段』（同年）は、やはり簡易交通傷害保険を利用し、自分の耳を故意に失って、保険金をせしめようとする貧乏大学生の話である。この小説には、「君は安部公房という小説家を知ってるかい？」「そいつがこの機械で金をもうける話を書いたのを読んだおぼえがあったんだ」というセリフがあっておかしい。

短編『盲腸』（一九五五年）は、羊の盲腸を人間に移植する実験台になり、藁《わら》だけの食事で生きようとする男の話。食糧問題を背景にしたある種のSFといえるけれども、傷害保険の話と同様、お金や食べ物が欲しくて自分の肉体の一部に犠牲を払うというのはリアルである。今でもヨルダンやシリアの難民キャンプでは、腎臓などの臓器売買が横行しているという。これらは軽妙なタッチとは裏腹に、社会の現実の残酷さをシビアに、即物的な表現で描き出す作品だろう。ちなみに本作はテレビドラマ化（六二年）を経て、戯曲『緑色のストッキング』（七四年）に発展する。

戯曲『棒になった男』（一九六九年）の原型になった短編『棒』（五五年）は、リアリズムよりはファンタジーの系列に属すると思われるだろう。蒸し暑い六月の日曜日、子供を連れて行ったデパートの屋上から落下して、一本の棒に変形する男の話だ。でも、庶民の悲哀というか、平凡な中年男の現実逃避的な生活感情のようなものには、リアルな手触りがある。

それと私が以前からどうにも気になっているのが、『鏡と呼子』（一九五七年）という短編だ。注目されることの少ない本当に地味な作品だが、留学時にこれを読んだ私は強烈な印象を受けた。田舎の村の学校に赴任した教師が、老いた姉と弟の住む旧家に下宿するのだが、弟の老人は毎日裏の山に登り、望遠鏡を覗いて村を監視する。村人の情報をキャッチしては「晴れた日には鏡の反射で、曇った日には呼子の音で」姉である老婆に信号を送っている。その後の不条理な展開も何とも捉えどころがないし、日本の土着的な共同体の不気味さが迫ってくる作品だ。

こうして初期の短編群を概観して改めて感じるのは、戦後のデビューから『砂の女』に至るまでの過渡期に、これだけの量と質の短編を書き続けていたということは、いったいどれだけの辛酸を舐め、どれだけの飢えと不条理を体感してきたんだろうという驚きである。『R62号の発明』（一九五三年）とか『鉛の卵』（五七年）のような、いわゆるSF的な短編の傑作もある。しかも小説だけではない。評論やエッセイ、ルポルタージュ、戯曲、シナリオも数えきれないくらい生み出している。

考えてみれば、おそらく初期のすべての作品が、彼にとっての〝魔法のチョーク〟だったのかもしれない。石川淳が「安部君のチョークがそこに絶望的に画をかくために、世の中には壁というものがあるのです」（『壁』序）と述べたように、怨嗟や失意や不本意な希望など、あふれ出てくるあらゆる感情と想像力を大胆に駆使して壁に絵を描くことが、まさしく生き延びるための方法だったのだろう。不穏な言い方になってしまうが、そう考えるとコロナや戦争によって心が荒みがちな今の時代は、そういう稼働力を持った作家を輩出するには、もってこいの条件が揃っていると言えるのかもしれない。

第三章

「革命」の壁

『飢餓同盟』

悲惨でユーモラスな風刺小説

長編『飢餓同盟』（一九五四年）は、デビュー作『終りし道の標べに』（四八年）以来、二作目の長編小説だ。

『終りし道の標べに』は二十三〜二十四歳のときの作品だが、精神的にも肉体的にもぎりぎりの状態だった作者の切迫感がひりひりと伝わってくる。そのくらいの年齢で不条理を味わいつくすのは、タフでなければ気が狂ってしまうだろうが、もし正気を保つことができれば、こういうものを書く人間になるしかないだろうと思う。

「存在の故郷」を探し求めて異国の満洲へと旅立った「私」は、サイダーの製造技師などをしながら放浪し、現地の村の匪賊《ひぞく》に囚われてしまう。そして三冊のノートと十三枚の紙片に手記を書く。「私」が「生れ故郷」を捨てたのは、哲学的な思索の中に生きる自分と、世間の人間関係の中で生きる自分との折り合いがつかなかったためだ。作家の根底にあるテーマが、すでに険しい壁となって現れている。ちなみにこのデビュー作を「時事新報」の文芸時評でいち早く好意的に取り上げたのが、当時二十三歳の三島由紀夫だった。

その六年後、書下ろし長編『飢餓同盟』を刊行した年の安部公房は三十歳。まだ茗荷谷のバラック小屋暮らしだったが（二年後には中野区野方《のがた》の借家に転居）、その年の二月に一人娘のねりさんが誕生し、活発な創作活動とともに芸術・政治運動にも熱心だった時期だ。

この作品は『終りし道の標べに』の形而上的な思索を軸とする世界とはまるで異なり、軽妙な文体を用いて、戦後社会の状況をリアリズム的な質感で描き出している。内容はまことに悲惨でありながら、表現はあくまでユーモラスな風刺小説である。

私はこの小説を読むと、自分が子供の頃に暮らした北海道の風景がどうしても思い浮かんでしまう。降りしきる雪に埋もれ、寒さに凍りついたような地方都市の情景。とはいえ、小説のとぼけた書き出しにはこうある。

花園という地名はほうぼうにある。M県だけでも三つある。だから手紙をだすときは、郡、大字、字、と、できるだけ詳しく書かなければ届かない。しかしいまは手紙をだすわけではないのだし、それにある先生に言わせれば、物語というものは作者が本当だと言いはるほどウソにみえ、ウソだと言いはるほど本当にみえるものだそうであるから、なおさらアイマイなままにしておくほうがいいようにも思う。

この小説の舞台である花園町は、かつて有名な温泉町として栄えたが、いまは地震のせいで温泉も止まってしまい、日に日にさびれていくだけであるらしい。冬には雪の降り積もる寒い地方らしいから、M県とは宮城県のことだろうか。S市というのも出てくるから、それは仙台市なのかもしれない。おそらく東北地方のどこかの町なのだろうが、そこは日本のどこかの地方都市であればこだわる必要はない。温泉脈にしがみついているようなこんな田舎町は、北海道でも山陰地方でも、日本中どこにでもある。

　戦後間もない時代のその町で、「飢餓同盟」という秘密結社を作って右往左往する、しがない人間たちの群像劇が展開する。

「革命」のパロディ

　まさに作者自身も政治組織に身を投じていた時期の作品だから、その人間観察には絶妙なリアリティがあり、戯画化され誇張された描写はとても面白い。しかもこの小説は「革命」をパロディ化し、政治へのアイロニーに満ちている。

　ある雪の降る夜のこと、花園駅に到着した下り最終列車から、一人の男がホームに降り立つ。「犬小屋ほどもあるトランク」を持った、黒いソフト帽の男だった。若い駅員である狭山は、彼の所属する「ひもじい同盟」のリーダー、花井太助に電話し、男の到着を報告する。

　狭山は以前、月に一度文化ホールで開かれる読書会の後、花井と二人きりになったときに、花園通信社長の重宗を会長とするそのグループのことを「あいつらは、馬鹿だよ」と切り捨て、「町のボスども」を攻撃する花井の熱弁に打たれた。自分が失恋したばかりのタイミングだったからでもある。そして花井が革命を訴えて組織する秘密結社の同盟員になったものの、具体的な活動が何なのかはいまだによくわからない。

花井の説く革命とは、「金は毒で、権力は悪で、労働は罪で……人間が絶対自由になるためには、ひもじい革命で、町の人間ぜんぶを貧乏人にしなけりゃならない」というもの。「思想の否定、思想からの自由」を標榜するアナーキズム的なユートピアを目指している。ひもじい同盟はやがて飢餓同盟と改称し、本格的に策動を始める。

花井太助はおそらく二十代後半の、「花園キャラメル」というキャラメル工場の主任で、「しっぽ」が生えているという噂のある人物。社長はいつもS市にいて滅多に町には来ない多良根町長で、花井は社用兼役場用の車の運転手も務める。多良根は他にも「郷土芸術振興会理事、観光協会会長、文化ホールと図書館の創立者」「それに県最大の穴鉢建設の常務取締役」の肩書があり、「M県きっての文化人、名士、人格者」を自任している。

花井は多良根から奨学金をもらって専門学校を出た。多良根はかつて澱粉《でんぷん》の買付業者として町に乗りだした頃、町民の注目を引こうとして「多良根奨学金」を提供したのだ。小学校の首席だった花井はその該当者になるが、初め多良根は奨学金の支給を渋る。その理由は、「花井太助には、しっぽが生えているという噂があるが、本当か？　もし、本当なら、日本人ではないのではないか？　日本人でないものに、奨学金を出すわけにはいかない」というものだった。

花井は自殺未遂騒ぎの末にようやく奨学金を得るが、それ以来、町の権力者となる多良根の支配下に置かれ、複雑な立場になる。

花井家は代々、峠で町の守護神「ひもじい様」の番人をしていた。「ひもじい」は「飢餓」の意味の他に、この町では「よそ者」を指すという。よそ者のことを「ひもじい様」に取り憑《つ》かれる「ひもじい野郎」と悪口で呼んだからだ。

「ひもじい様という飢餓神が、いつも町境をうろついていて、外来者をみつけると、すぐにとっついて餓死させてしまう……ね、いかにも農村共同体的な、いやらしい迷信じゃないですか。他所者なら、飢え死してもかまわないっていう、陰険な排外主義の合理化なんですよ。本当の原因は、見て見ないふりをして、かわりに結果を神様に祭りあげちゃったんだなあ」

と花井は分析する。ここには、当時安部公房が研究していた柳田国男の民俗学の影響も見られるようだ。

「権力には、まことに好都合なしきたりです。で、ぼくらは考えた、逆にひもじい野郎の同盟をつくって、やつらの逆手をとってやったらどうだろう。つまり、ぼくらは、新勢力の代表だというわけですね」

また、この小説には「共産党」の舵尾や農協の貝野、それからシンパらしい中学教師の村山という人物も登場するのだが、花井が彼らのことを、「あいつら、頭がわるいんだ」「政治的感覚がゼロなんだ」と辛辣に批判する場面がある。

この小説は作者がまだ、共産党員として熱心に活動している時期の作である。早くも党中央や他の党員たちと根本的な軋轢が生じていたことが窺える。

みすぼらしい人間のにおい

さて、冒頭でトランクを引きずる旅の男は、キャラメル工場の傍にある、古いバスの車体を改造したバラックを訪ねる。そこには矢根善介という貧しい人形遣いが住んでおり、バスの中には人形とその材料がいっぱいぶら下がっていた。矢根は花井にキャラメルの宣伝部員として雇われ、住居用にこの廃バスをあてがわれているのである。

男が矢根に渡した名刺には、「地下探査技師　工学士　織木順一」とあり、織木はずっと以前、そのバスに住んでいたことがあると言う。

深夜、織木はバスの外に出て、雪の地面にトランクを埋めると服薬自殺を図る。嘔吐して気を失った織木を介抱した矢根は、工場の花井のところに行き、花井は電話で新任医師の森四郎を呼んだ。森は昏睡《こんすい》状態の織木を診察して注射を打ち、花井と矢根に「二日くらい、このまま眠っているかもしれませんが、心配はいりません」と告げた。

森はその五十日ほど前に花園町に診療所所長として赴任してきたのだが、この町には診療所などなかった。文化ホールの建物内にある「うるわし洋裁学院」の教室と事務室の間の三畳間を宿舎としてあてがわれる。翌朝起きると、洋裁学院のドアから覗かれていたらしく、娘たちの嬌声《きょうせい》と笑い声が響き渡る。反対側の事務室は町議会の事務局である。

役場の首脳部とのすったもんだが続き、埒《らち》のあかない交渉の末、「やはりここが診療所だったんですわ」と言われ、その洋裁学院の教室が診療所でもあるという結論を聞かされる。しかし、そこはあくまでも洋裁学院のままなのである。

この森のエピソードは、カフカの『城』を彷彿させる。雪深い村の城に測量技師として雇われたKは、なぜかいつまで経っても城に入ることができず、測量技師の仕事をすることもできない。森医師はまるでKのように、不条理な行政システムに無力な反抗をしつつ、翻弄されるのだ。こういうところには、無意識にせよやはりカフカの影響があるのだと思う。

うるわし洋裁学院院長の藤野うるわしは、多良根町長の政敵であり町を牛耳《ぎゅうじ》るボスの一人である、藤野健康という開業医の娘。つまりうるわしの父・健康がこの町の医学界を独占していたところに、多良根派のいやがらせとして、森医師が送り込まれたらしい。政治的な権力争いの道具にされていたのである。しかし大柄でたくましい肉体を持つ娘のうるわしは、いつしか森に恋心を抱いていた。その後、森はうるわしから猛アタックを受け、「世にも気持のわるい詩」を書き添えた熱烈な恋文を受け取ることになる。

さらにこの洋裁学院の実態は「月謝つきの只よりも安い女工で運転している、洋裁工場」であり、陰で相当な収益を上げていたことが後でわかる。それもまた経済成長に追いつけていない日本のわびしさを、リアルに浮き立たせる設定だ。

私は読んでいて、この「うるわし洋裁学院」の描写から、何か安っぽい粉の化粧品を顔にはたいたような、むせるようなにおいを感じる。それはこの作品において表現されているものには社会派的なリアリズムがベースにあるからだろう、人間の体臭や生活臭が強烈にしてくるような気がするのだ。本文にも、実際「花井にはいつも熱病にかかっているような、汗くさいニオイがまとわりついていた」とか、藤野うるわしが森に猛アタックする場面では、「三十メートルも先からにおう濃厚な香水をあたり一面にまきちらせながら、たぶん少々オトソがまわっていたのだろう、森センセエ、と鼻にかかった声で——あるいは自分の香水にむせていたのかもしれない——眼をしばしばさせながら」などという、においの効果を図った描写も出てくる。

次の長編『けものたちは故郷をめざす』もそうなのだが、生き延びようともがいている人間を表すのに、こうした人間のにおいというのは絶大な喚起力を持つ。

「人間メーター」

自殺を図った織木の遺書には、織木という男の悲しい履歴が詳しく書かれていた。

織木の父はかつて電波治療の機械で「エレキ万能治療院」を開業。しかし開業医の藤野健康のいやがらせに遭って治療院は潰れ、藤野の政敵・多良根から借金をし、バス一台で運転手として会社を始めた。母が車掌を務め、夜はそのバスに家族で寝泊まりした。

やがて公営バスが計画されて父の会社は消滅。バスの車体を住居にし、酒に溺れた父は息子を虐待。妻の浮気を疑い、藤野健康の弟でうるわしの叔父である藤野幸福を呼ぶと、幸福が研究しているという催眠術をかけさせ、それでおかしくなった彼女をさらに殴ってはエレキをかけた。そのせいで母は死に、父もどこかへ出奔する。

「ひもじい様」を祭る峠の茶屋には、貧しい花井一家が母親と二人の子供で住んでおり、織木少年は花井の姉の里子に恋心を抱いていた。花井の母は織木少年に一枚の名刺とお金、東京行きの汽車の切符を渡し、「この人をたずねて行きなさい」と言って送り出す。

それは「秩父地下探査研究所長　工学博士　秩父善良」という人物で、織木はその研究所の住み込みの給仕になった。夜間工業高校を出て、やがて戦時体制になり、技師待遇の軍属として研究所に籍を置く身分にまでなる。彼は地下構造を一挙に把握することができる「分離電極法」という技術を発明。それを用いて温泉脈を探り当て、花園に錦を飾って地熱発電を起こしたいという夢を抱くようになる。

そしてナチス・ドイツの極秘資料から、人間の大脳を新薬ヘクザンによって人工的に条件反射が形成されやすい状態にし、計算器以上に精密なメーターにするという計画を知る。彼はドイツへ留学することになる。

その頃、たまたま花園町出身の学生から花井里子の話を聞いた。里子は藤野幸福から催眠術を用いて強姦され、気が狂ったあげくバス小屋に監禁されて、その後チフスで死んでしまったというのである。それを知った彼は絶望し、自殺を決意する。

それでも彼は戦時中のドイツで三年間「人間メーター」となり、分離電極法の実用化に成功した。だがヘクザンは恐ろしい麻薬の一種だった。戦争が終わり、器具一式とヘクザンを持って帰国した織木は、秩父博士の研究所を逃げ出し、花園に帰って死のうとしたのである。

花井太助は織木の遺書を読み終えると、涙を流しながらもある計画のアイデアを得る。それは織木に人間メーターになってもらい、地熱発電所を作るというもの。同時にそれを会社にして大金を儲け、同盟の資金にする計画である。

そして花井は早速、同盟員の通称・イボ蛙こと井川に会い、至急、会社設立の準備を依頼する。「飢餓同盟は、貨幣経済を否定します」という花井の言葉と明らかに矛盾した計画にはイボ蛙も驚くが、花井はあくまでも「金を否定するための金」と説得する。

しかし、彼は発電所を「花井地熱発電所」と名づけ、町一番の財閥になって多良根や藤野の鼻を明かしてやりたいと考えている。そこには個人的な復讐心が働いているのだ。

「ひもじい野郎」たちの承認欲求

花井にしても織木にしても、また人形遣いの矢根も、駅員の狭山も、医師の森も、染物屋の主人の「二番目の妻の先夫の妾腹の子」であるイボ蛙も、それに後から参加するヤクザ者で大男の「よろず屋の源さん」も、飢餓同盟員になる七人のメンバーたちは、それぞれ土地に馴染めない違和感や孤独や何らかのコンプレックスを抱えた、花園という共同体にとっての異端者であり、疎外される「ひもじい野郎」、すなわち「よそ者」である。

安部公房は、『砂の女』でも見たような共同体の愛郷精神や、国家への帰属を強制する愛国心といった思想に、強いアレルギー反応を示す人である。ところが、それらは市井の人々にとってはむしろ人間らしい考え方であり、同郷を愛する絆で結ばれることを美徳と捉えている人たちだってたくさんいる。そもそも愛郷精神というのは良い悪いで判断する次元のものではない。家族愛と同じように、自らを守ってくれる組織を守っていきたいと願う、人間という群集の生物が編み出した考え方に過ぎない。

この物語では、よそ者として疎外された者たちが、むしろその土地で新しく何かを築き上げ、世間を見返すことで、人々に認められようと目論《もくろ》んでいる。これもやはり自分たちの存在に対する自己顕示性と承認欲求だ。「同盟は町の中心的な存在になって、やつらの鼻面をひきまわすために、正々堂々と姿をあらわし、名乗り出なけりゃならないんだ」「多良根だって藤野だって、もうぼくらを意識しないでは、何んにもできなくなる」と花井のセリフにもあるように、普段は見下されている「ひもじい」おれたちが、いずれは花園中の民に敬われる存在になってやるんだと躍起になっている。

彼らの作戦の一つは、町を牛耳りながら互いに馴れ合っている多良根派と藤野派という保守グループを、対立させ同士討ちに追い込んで自滅させようというもの。花園ではここ七年も連続で、無投票選挙しか行なわれていないのだ。

ちょうど町会議員の死により、補欠選挙が行なわれることになる。それに藤野幸福と、ウルドッグのあだ名を持つ元軍人の公安委員・宇留源平が立候補していた。もちろん宇留の背後には多良根町長派がいる。花井はそれを利用し、町長が実は藤野派と妥協しようとしていることに加え、藤野幸福が町会議員を謀殺したというデマ情報を吹き込んで、単純で血の気の多い剣道四段の宇留をけしかける。

多良根町長が町に来て、「のしのついた一升びんがずらりと並べられた」町議会で藤野派と手打ちをしようとしているところへ、宇留が乗り込み藤野幸福に斬りかかる。

そこへ、共産党のシンパらしい村山を先頭にした読書会のメンバーたちが、雪と一緒にどっとなだれこんできた。彼らは花井の制止を力ずくで振り切って、民主的な選挙と町政の変革を訴えに、町議会に押しかけてきたのだ。しかも貝野の父親を立候補させようという。すると宇留の矛先が「共産党」に変わり、逃げる読書会グループを追う。

町議たちは「いちばんの問題は、ああいう鼻たれ小僧の不平分子だ。それを忘れて、仲間げんかはいけませんなあ」と互いに一安心する始末。花井たちの姑息な作戦は、正義感あふれる町民グループのせいで失敗してしまった。

花井たち飢餓同盟と読書会グループという野党の足並みの揃わなさといい、保守派の馴れ合いといい、なんだか見覚えのあるこの国の政治状況ではあるまいか。

アレゴリック・リアリズム

それにしてもこの小説には、日本の地方共同体特有の雰囲気がよく出ている。

町議会などの有力者グループもそうだし、「読書会」みたいな町民有志の弱小グループが町の今後について議論する感じからも、毎週土曜の夜とかに役場や公民館に人々が集まって、ストーブでスルメを焙《あぶ》り、一升瓶の酒を酌み交わしながら、「これからどうしたらいいべか」と話し合っている、あの雰囲気を思い出す。

「誰々さんに任しておくと駄目だから、おれたちでやるしかない。見ていろ！」などと気炎を上げる血気盛んな人たちがいる一方で、長いものには巻かれろ式に「まあまあ」と丸く収めようとする人たちもいる。

私は留学から、出産した子供を連れて一旦帰国したあと、五年間ほど北海道で暮らしていたので、ついそういう人たちのことを思い浮かべながら読んでしまう。北海道の場合、住民はもともと日本中のさまざまな場所に住んでいた人たちがほとんどだから、ルーツが同じ郷土の者同士で集まって同盟を作り、なんだかんだと話し合う。信州同盟だとか、広島同盟だとか、そういうグループがいくつもある。北海道ではテレビのリポーターをしていたので、こうした自治体の町おこし的な企画を取材したことが何度かあるが、やはりそこには「花園」のような町の振興に、自分たちの存在意義を重ねている人々の姿があった。

北海道では、いわば全員がアイデンティティの希薄なよそ者なので、土地を開拓し自分たちが作った共同体に、誇りや自信を持とうと必死になっている。だからこの小説のひもじい同盟は、私にとっては北海道の開拓者たちのコミュニティとシンクロしてしまうところがあるのだ。安部公房の祖父母も、父方・母方ともに四国にルーツを持つ北海道の開拓民である。だからあながち的外れでもないだろう。

また花園が、「ひもじい」と同時に「寒い」場所であることも大きい。冬には雪に閉ざされ、身動きがとれなくなり、生きることの不便さと向き合う羽目になる。雪もまた、砂と同じく人間に対して好意的ではない地球の側面を知らされる要素である。そして、それに加えて、作者が政治活動をする中で経験した事柄や、周囲の人間の生態観察も思う存分に生かされているはずだ。『飢餓同盟』は、そうした実感に裏打ちされた生々しいリアリズムの横糸に、風刺的で寓話的な要素の縦糸が織り重なった小説なのだ。私はこれを「アレゴリック・リアリズム」と呼んでみたい。その後の安部公房文学もアレゴリック・リアリズムを追求していく方向に進んでいるように思えるから、そう捉えるとこの小説は、その初期の試みの一つだろう。

これはおそらく画期的な文学スタイルで、当時の日本にはまだこうしたタイプの文学は少なく、批評家などにも理解する人は少なかったようだ。今だってあまり理解されているとは言いがたい。特にこの『飢餓同盟』は、一般にはあまり知られていない小説だろうと思う。

短編で寓話性の強いアレゴリックな作品を多く書いていた安部公房が、この長編では人間洞察を深め、よりリアリスティックに人間を描こうとした。たくさんの登場人物を描き分けながら、それぞれのキャラクターにリアルなディテールと面白みを持たせている。しかしこの小説のひもじい同盟改め飢餓同盟の面々は、どう見てもみんなしょぼい。しょぼいと言っても味わい深さがあるので、漫画にすれば描きごたえがありそうだ。

「大人のような子供のような、やけにポマードをぬりたくった陰気な男」で、実はしっぽが生えているリーダーの花井。作者は当時、エノケン（榎本健一）をイメージして書いたと打ち明けている。

バスで暮らし、だぶだぶの兵隊服を着て、首に手拭を巻き、両手に人形の首と絵筆を持って、微笑むと「しまりの悪い唇の間に、笑い屎《くそ》がたまったという感じ」の矢根。帽子を脱ぐと「禿げあがった頭のてっぺんに、毛屑のような髪の毛がボヤボヤと浮んでいる」哀れな人間メーターの織木。安部公房が晩年まで敬愛していた作家、椎名麟三を彷彿させる風貌である。

七人のメンバーは、他のどのキャラクターもみな個性的で、どこか冴えなくて、貧相で、なんとも弱々しいのがいい。もちろん町長や藤野兄弟やうるわしやウルドッグなど、アクの強い周りの登場人物たちもみなユニークで、漫画に描いたらかなり楽しそうである。

コンプレックスから来る闘志

花井はひそかに駅員の狭山の姉、ヨシ子に惚れていた。ヨシ子は小学校の音楽教師で、女子マラソンで県の選手権保持者でもあり、読書会では「だから、日本人て、駄目なのよ」と豪語するようなアヴァンギャルドで芯の強い女性である。

そんなヨシ子に自分の気持ちを打ち明けるためには、しっぽを切り落とす必要があると花井は考えた。

花井のしっぽとは、尾骶骨《びていこつ》の上あたりにある一種の腫瘍らしい。しっぽは一定の間隔で繰り返し灼《や》けるように激しく痛む。しかし花井はもしそれを切り落としても、トカゲのようにしっぽが再生するのではないかと怯えている。

この「しっぽ」のエピソードを読んだとき、私はガルシア＝マルケスを思い出してびっくりした。マルケスの代表作『百年の孤独』においても、「豚のしっぽが生えた子供」という不穏な災いを象徴するような存在が生まれる描写があるからだ。

『百年の孤独』は一九六七年刊の小説だから、五四年刊の『飢餓同盟』よりずっと後の作品だ。しかも『飢餓同盟』は、英語にもフランス語にもスペイン語にも翻訳されていない。だからもちろん「しっぽ」のイメージは偶然の類似だが、安部公房はのちに『百年の孤独』を読んだとき、おそらくそんなところにも驚いたのではなかろうか。やっぱりこの二人の作家は資質が似ているのだと思う。

しっぽが生えているという人間としての異質性。それで花井は子供の頃、多良根に「日本人ではないのではないか？」と疑われて悩む。他の人間とは共有できないものを根本的に抱えてしまっていることで、それこそ彼は決定的な孤独を抱えているのである。

それでも他人を巻き込んで組織を作り、それによってなんとしても成功しようとする。コンプレックスから来る闘志だけが彼の行動を支えている。これは生まれ育ちや学歴など、いろんなコンプレックスを抱えながら、今でいう勝ち組になろうと頑張る人の話でもあるのだ。貧富の格差などもふくめて、そのような社会の縮図がこの作品だと言える。

勝ち組のボスにこき使われながら、今に見ていろと思っている。「多良根だとか、藤野だとかいった連中が、こんどは乞食みたいになって、（略）よたよた裏通りを、野良犬みたいにうろつきまわるのさ。ゆかいじゃないか、思っただけでも、ソーダ水を飲んだみたいに、胸がすうっとしちゃうだろ。ちくしょうめ、ひとを馬鹿にしていると、どんな目にあうか、さんざっぱら思い知らせてやるからな……」。

革命と町の復興のためと言いながら、結果的には自分の復讐のためであり、しっぽに対する怨嗟と、しっぽがあったっておれはできるんだ、というプライドの挽回なのだ。

政治そのものへの懐疑

そして花井は、ユートピア的な理想社会を作るために、社会主義者やアナキストみたいな建てつけで革命を起こすと言っているのだが、その作戦といえば、たんに保守派の二大派閥同士をケンカさせようという情けないもの。しかもけっきょく、自分たちで発電所を作って、まずは金を儲けようという試みに向かう。敵のストラテジーを利用する作戦とはいえ、それによって手に負えないようなキャピタリズムを稼働させてしまうのだ。

私がこの小説を最初に読んだときはまだ冷戦期も終わっていなかったけれど、「なるほどな」と腑に落ちるものがあった。思想がどうであれ、人間にとってけっきょくは金がすべてで、私たちは金を動かす一部の人間に操作される社会の中に生きているという実態を、容赦なく認識させられた。そうした社会主義のあいまいさや脆さが、花井という人間によって露呈している気がする。中国にしても経済を稼働させることで過去から脱却してきたが、一方では社会主義の名の下に全体主義的な統制を強め、アメリカに強い対抗意識を燃やしている。典型的な例だと思う。

当時の安部公房は共産党員でありながら、現実の社会主義には懐疑的だった。

また、たとえば一九六七年、安部公房は三島由紀夫と意気投合し、川端康成、石川淳と四人の連名で「中国文化大革命に関し、学問・芸術の自律性を擁護する」という抗議声明を発表した。すでにその五年前に共産党を除名されていたとはいえ、右翼的言動と思想で知られる三島と組んだ彼の行動は、左翼文学者の間に波紋を呼んだらしい。

だが、政治よりも文学や芸術の自由を優先する姿勢は、作家として当然だと彼は思っていたにちがいない。現在から見るとさほど不思議ではないが、党派的意識が強かった当時の状況でそれが良かったのかどうかはわからない。親しい年少の友人だった大江健三郎とは、翌六八年に学生運動への評価をめぐって決裂したし（その後関係は修復）、三島が七〇年に自決してしまったことも、安部の孤立を深めていくきっかけになったかもしれない。しかしそうした行動も、創作と同じく試行錯誤の一環だったのかもしれないし、孤立も創作の原動力となっていただろう。

『飢餓同盟』では、花井たちのように何かしなければと思う人間が、次々に脆弱になっていく。頑張ってはいるけれど、読んでいるとその情けなさに対してだんだん苛立ちが増してくる。花井は「思想の否定、思想からの自由だ」と言い切るが、これもまた彼の思想であり、しかも花井は妙に考えすぎてしまって、どんどん駄目な方向へと空回りしていくことになる。

物語は彼らの無力さと情けなさを増幅するように進んでいく。花井が好きな狭山ヨシ子がいきなり織木に恋をしてしまったり、花井の原案による矢根の人形芝居「キャラメル慰霊祭」が大失敗したりする。「多良根と藤野の対立にくさびを打ちこもうという花井の意図とはまったく逆に、むしろ両派を結びつけてやるような結果」になり、矢根は町内興行を停止されてしまう。花井も花園キャラメルの人員整理で首を切られた。一方、多良根や藤野の計画通りに、無投票選挙で藤野幸福が町議に当選する。

花井は狭山に対して高圧的になり、狭山は駅員をやめさせられたばかりか、駅の備品の泥棒まで強要され、「姉からヴァイオリンを盗んでこい」と命令される。それは花井が織木から盗んでヨシ子にプレゼントしたものだった。ヨシ子は自分のヴァイオリンが実は織木のものだったと知り、S市から戻ってきた花井と入れちがいに、泣きじゃくりながら駆け去る。

花井はS市で、多良根の婿である県の企画課長・穴鉢倉吉に会い、行政の複雑な手続きや資金調達の話をつけてきたと誇らしげに言う。しかし花井は敵側の穴鉢のことを「存外よく出来た人物でね」などと褒め、「ビールに、西洋料理」で明らかに懐柔されており、肝心なところで救いようもなくお人好しになってしまう。

そうした情けないありようを、安部公房は俯瞰的に、また冷徹に描いていくのだ。

安部文学の終わり方

いよいよ発電所建設に向けた地下探査が始まり、織木はヘクザンを飲んでヴァイオリンを弾く。「トランクの中から出た、二本の電線が、それぞれ織木の左右の靴につながっている。その靴は奇妙な形をしていて、スパイクのように、三本ずつ長い釘がつきでている」。ここはこの小説の中でもSF的な部分である。碁盤の目に区画され、電流を流した地面の上を、人間メーターになった織木が歩き、「音になって聞える電位差を、つぎつぎ五線紙に書きとめていく」。その楽譜を元に、地下の透視図が作られるというのだ。

その後、織木はみるみる衰弱していく。森医師が中止を勧告するも、花井は織木に無理やり仕事を続けさせ、現場探査が終わっていよいよ衰弱した織木は、つきっきりの花井にヒロポンを注射されながら、「奇怪なメロディーの製造」に取り組む。そのとき、物語の中のにおいもピークに達する。

> 生ぬるい土のにおいが、いきなり彼（引用者注・花井）の顔をつかんで、雑巾のようにしぼった。顔をひっこめると、バスの中がもうれつなにおいで、空気の色までが変ってしまいそうになっていることに気づいた。……織木の体が、腐りかけているのだろうか？

サイドカーに乗ってバス小屋にやってきたのは、織木の師・秩父博士だった。博士は穴鉢からボーリング工事を依頼されたという。それから一気に悪いことが起こる。

狭山は「みんなあんたに、だまされたせいですよ」と花井をなじり、姉のヨシ子は東京へ行ってしまったと言う。イボ蛙は「どこに行くの？」と聞く花井に「会社だよ」と同盟からの離脱を告げ、矢根は「あばよ」と書き置きして消えた。

疲れ果てた花井が、織木と並んで死んだように眠っている間に、多良根と穴鉢、それに二人が連れてきた国会議員に秩父博士をまじえて臨時の町議会が開かれ、花園温泉復活の公式声明とともに、温泉審議会と地熱開発協力会の会長にそれぞれ藤野と多良根が推挙された。地価は一晩のうちに二倍に跳ね上がる。

森医師が二人を診に来ると、織木はすでに死んでいた。町に出た花井は『花園地熱発電株式会社創立準備事務所』の看板を見る。ドアを開けるとイボ蛙がいて、「なにしに来た、帰れ！」と怒鳴る。花井はイボ蛙が突き出したやかんに当たって意識を失い、気がつくと川の堤防に横たわっていた。

そのとき花井の身に異変が起こる。しっぽが長く伸びて、勝手に動いているのだ。「こわごわ手をやってみると、親指ほどの太さで、長さ十五センチくらい、ざらざらした角質の皮が、ズボンの上からでもはっきり感じとれた」。

すぐに森医師を訪ね、ズボンを下ろしながら「しっぽが生えたんです」と訴える花井。森は彼を一応診察してから彼を部屋の外に出すと、交番に電話して、精神病患者を保護してくれと頼む。そして自分は汽車で町を出るために駅へ向かう。人波の向こうに温泉の白い蒸気が上がっているのが見え、拍手喝采とともに楽隊の演奏が始まる。

このように、終盤一気に物語は動く。それまで苦労して準備してきたことが、動き出した途端に破綻し、今までのすべてはいったい何の意味があったのかと虚しい余韻を残して終わっていく。

安部公房の長編小説は、ほとんどいつもそのようにして終わる。『けものたちは故郷をめざす』もそうだし、『方舟さくら丸』も典型的だ。いったい何のために頑張ってこんなことをしてきたのか、というオチなのだ。

大江健三郎は、晩年の安部公房との対談（「朝日新聞」一九九〇年）の中で、三島由紀夫がかつて『他人の顔』などの安部作品をこう評していたと言う。

「安部君は最新式の技術と部品と、それに古いガラクタもあれこれ集めて、ものすごく大きな戦車を作る。さあできた、といって動いた瞬間ゴトンとエンコして小説は終わる」

何のために戦車を作ったのか。それは戦車自体に意味がないことを示すためではないだろうか。だから動いたらすぐに壊さないと、安部公房の文学にはならないのである。

私の息子がまだ子供だった頃、とても時間をかけてレゴ・ブロックで完璧なものを作るのだが、翌日になると全部バラバラに壊してしまう。「なんで壊すのよ?」と聞くと、壊してから別の形状に作り変えるのが楽しいらしい。そしてまた壊しては作る。完成品を作ることよりも、永久革命のようなプロセス自体が大事なのだろう。

私自身、自分が描いた油絵も描き上げるまでが最高潮で、出来上がったとたんに関心がすっと消えてしまう。書籍になった漫画の見本が送られてきても読み返さない。作っているときだけが面白い。安部公房も自作を滅多に読み返さなかったという。必要があって久しぶりに読むと、こんなことを書いていたのかと自分でも驚いたらしい。

正気も狂気も魂の属性にすぎない

人間メーターになってドラッグ漬けで死ぬ織木は可哀想な登場人物だった。私はなんだかマイケル・ジャクソンを思い出してしまう。金を生み出すスキルを持って生まれた人間は、麻薬に溺れさせてでも、とにかく最後まで使い切るというのは、興行の世界と全く同じだ。けれども花井にはさほど悪いことをしている自覚はない。むしろ革命のためには必要なことだと割り切っている。

そうして「みんなのために」と言いながら一生懸命作り上げたものを、最後には保守派にすべて持っていかれる。太刀打ちできない壁として、『飢餓同盟』では保守の分厚い壁が立ちはだかる。保守は、革新的な改革は望まず、人が思想を持つことを望まず、長いものに巻かれることを欲する。そこで反抗してもがく人たちは、けっきょく、壁に爪を立てて引っ掻くだけで、その壁を登ることもできず、イボ蛙のように裏切る者も出てくるし、花井のように発狂する者もいる。

壁を乗り越えようとすること、そして壁の向こう側に行けば、今の苦しい状況から解放されるんじゃないかと思うのは、普遍的なことだろう。メキシコから壁を乗り越えてアメリカに行けば、いいことがあるんじゃないか。かつてキューバからタイヤのボートでアメリカに亡命を試みた若者たちも、ヨーロッパへ行くために地中海を渡るアフリカの難民もそうだ。命がけで新天地に辿り着いたところで、誰にも助けてもらえずに飢え死にしたり、それこそ発狂してしまったりと、自国にいた時よりも酷い目に遭う場合もある。戦火から逃げてきたシリア難民が、ようやく逃げてきたヨーロッパで路頭に迷い、さらなる困難と向き合うことになったように。

それでももっと自由な、もっと自分が生きていることを尊重してくれる社会がこの世界にあるんじゃないか。そんな理想や希望が、また別の壁を作ってしまう。この小説に描かれたような「革命」の壁も同じだ。

「頑張ればきっとうまくいく」とか、「明日に希望はある」と、人間のやる気を扇動するような文言は、嫌なことがあった時に飲むアルコールのような効果はある。人間もっと悲観的に生きろ、とも思わない。ただ、時々こういった人間社会を俯瞰で考察した寓話や小説を読んで、現実の正体を確認しておくことも必要だと思っている。政府やメディアの報道や宣伝を鵜呑みにしてしまうような脳にならないようにするためにも、こういう作品を読んで我々が生きる社会に対する猜疑心を機能させておいたほうが、よほど自分を救うことになる。

物語にはこの後、エピローグ的な終結部がある。


森は思った。まったく、現実ほど、非現実的なものはない。この町自体が、まさに一つの巨大な病棟だ。どうやら精神科の医者の出るまくなどではなさそうである。われわれに残されている仕事といえば、せいぜいのところ、現実的な非現実を、かくまい保護してやるくらいのことではあるまいか。森は人垣をはなれて、歩きだした。しかし、駅の方にではなく、いまやって来た道を、もう一度診療所の方へ……あたらしい勤め先がきまるまで、どのみちたっぷり暇なのだ。傷だらけになった、飢餓同盟に、せめて繃帯のサービスくらいはしてやるがいい。森ははじめて、自分が飢餓同盟員であったことを、すなおに認めたい気持になっていた。正気も、狂気も、いずれ魂の属性にしかすぎないのである。

同盟に対して距離を取り、ずっと傍観者的な立ち位置だった森が、ここに至っていきなり中心に躍り出る。物語はすべて彼の俯瞰する視点に集約されていく。町自体が巨大な病棟であるという非現実的な現実は、そのままのちの長編『密会』(一九七七年)につながる。そこで森は、「現実的な非現実」であった飢餓同盟員としての自分を再認識する。そして『砂の女』と同様に、森は壁の外に出ようとして、けっきょくは出ない。やはりまた壁の中に戻るのだ。「正気も、狂気も、いずれ魂の属性にしかすぎない」という諦念のようなオチがいい。今、この時代に、読者はこの言葉を読んでどう思うだろうか。

二〇二一年夏、新型コロナウイルスによるパンデミックの只中で、東京オリンピックが強行された。無観客が決定するも、宮城・茨城・静岡の三県のみは有観客で開催されることになった。そのとき、有観客にこだわる宮城県知事と、それに反対する仙台市長とが対立したことを覚えているだろうか。「M県」と「S市」だからというわけでもないが、それこそ地方都市に露呈した日本政治の縮図のようで、すぐに私は『飢餓同盟』を思い出した。

この国の不条理や矛盾がいっぺんに噴き出したかのような、オリンピックをめぐる一連のゴタゴタは、まさに『飢餓同盟』の世界そのものだった。もちろんそれは言うまでもなく、オリンピックに限った話ではない。本書のゲラを確認している二〇二二年春、ロシアのウクライナ侵攻を発端に、世界は大きく揺らいでいる。核兵器や生物・化学兵器の脅威を普通に感じるような毎日になった。現実ほど非現実的なものはなく、花園という町自体が一つの巨大な病棟だと森は考えたが、いまやどこまでの範囲が病棟なのかすらわからなくなってきている。

第四章

「生存」の壁

『けものたちは故郷をめざす』

随一の娯楽小説

長編三作目の『けものたちは故郷をめざす』は、一九五七年一月号〜四月号の「群像」に連載され、同年四月に大日本雄弁会講談社（現・講談社）から刊行された。安部公房三十三歳の年である。

敗戦後の満洲から日本を目指して、極寒の不毛の荒野を旅する少年を描いたこの小説も、やはりイタリアのフィレンツェで極貧の画学生をしていたときに最初に読んだわけだが、主人公の少年、久木久三《くききゅうぞう》にとりわけ感情移入できたのは、ひとりぼっちで異郷に置かれた彼の立場や、十九歳という彼の年齢が自分と近かったことも大きな理由だろう。

私は満洲生まれの久三のように外国生まれではないけれども、遠く離れた母国に対する強い思いは、イタリアという外国で苛酷なサバイバル生活をしている自分にもよくわかる気がした。

前述のように当時の日本はバブルの真っ只中で、友人知人は何不自由なく裕福な暮らしをし、旅行でイタリアにやってくる彼らは私とは異次元の中で生きていた。そんな母国の有様とシンクロできない自分への戸惑いや、お金にも困ることなどなかったであろう日本での暮らしに対する妄想のようなものが、久木久三が戦後の日本に託している思いとマッチングしたのではないかと思う。

敗戦という厳しい現実に足掻き、もがき苦しみながら、それでも自分の理想とするユートピア的なものを日本に対して思い描き、がむしゃらに突き進んでいく感じは、当時の自分が日々悪戦苦闘しながらも、きっと出口はあるはずだと生きていた感覚とぴったり重なったのだろう。

おそらく実際に異国にいた私のような人間に限らず、どんな人間でもそういう心境に陥るときがあると思う。生きていることが実は自分たちが思っているほど楽なことでも、幸せなことでもない。にもかかわらず社会がファシズム的な要素を発揮して、人々が難しいことを考えず、単純に生きることを謳歌するような軽率な情報で満ち満ちているようなとき、それにまったくシンクロできない人間にとっては、そのような情報をすべて覆すこの小説を読むと、とりわけ胸に深く響くはずである。

だから『けものたちは故郷をめざす』は、生きる不条理に正面から向き合える作品として、私の心に深く突き刺さったのだと思う。

二〇一七年にようやく英訳版 *Beasts Head for Home* が刊行されたようだが、岩波文庫版のリービ英雄氏の解説の中に、作家本人に会ったとき英訳の提案をしたら、「いや、あれは地味すぎる、翻訳する必要はない」と言われたというエピソードが記されている。私もリービ氏と似たような推測になるけれども、もしかすると作者は満洲という特殊な環境や歴史的背景が、欧米人には理解しづらいだろうと思ったのかもしれない。

しかし私は、この小説はグローバルなセンスを持った作品だと思っている。たとえば今のアフガニスタンにしても、ミャンマーにしても、シリアにしても、ロシアの侵攻が始まったウクライナにしても、自分が帰属するはずの場所にいることを許されない人たちが世界中にいる。私の場合は母国に帰ることが精神的に許されない状態に置かれていただけだから、難民という立場に置かれている人たちとは比べてはならないが、自分の周りにも祖国を追いやられてきた友人がいるので、彼らの心境を少しくらいは推し量ることができる。戦争や紛争やクーデターで別の土地へ逃れてきても、自分が本来帰属していると思っている故郷の土地に対しての執着は、簡単に払拭できるものではない。だからこの小説を、たとえば今、難民として自国を離れざるをえなかったウクライナやシリアの人たちに読ませても、きっと共感するだろうと思う。

ただし、必ずしもそのような心境になったり、苛酷な状況に遭遇したりしなければ、この小説が読めないかというと、決してそんなことはない。たとえ平穏な暮らしの中でも、想像力は働く。数ある安部公房作品の中でも、ここまでスピード感を煽られ、焦燥感を刺激されて、冒険小説のように最後まで一気読みできる小説は他に思い浮かばない。

途中、思想の比喩や複雑なアレゴリーのようなものに引っかかることなく、圧倒的な物語の流れに身を任せることができる。他の作品だと、ところどころにそうした抽象的なものがちりばめられているので、読者は立ちどまってその意味を考えたりもしてしまうのだが、この小説はそうではない。スリルとサスペンスに富む、安部公房随一の娯楽小説と言ってもいいのではないだろうか。

満洲体験の集大成

デビュー作『終りし道の標べに』も、やはり満洲を舞台にした話だった。この小説も安部公房自身の満洲体験がベースになっていて、語り手と一緒に土牢に囚われる、八路軍（中国共産党軍）のスパイだった中国人の男は「高」という名を持ち、『けものたちは故郷をめざす』で主人公が一緒に旅をする男の名と同じだ。けれども、この二人の男のキャラクターは異なるし、二つの小説を読んだ印象はまるで違う。

『終りし道の標べに』のときは、おそらくまだ作者が若かったために、自分の苦境や自身の体験した苦難に、情緒的に酔ってしまうようなところがあった。満洲で亡くなった友への感傷も影響しただろう。ハイデガーやキルケゴールなどの影響も強く受けていた時期で、観念的に自分の置かれた不条理な状況を捉えた作品になっていた。

それから約十年後の『けものたちは故郷をめざす』では、久木久三という完全な三人称に視点を置き換え、俯瞰で、いわばドローン目線で当時の自分を見るようになっている。作者が「記録芸術」（ドキュメンタリー）に傾倒していく時期でもあり、観念よりも、即物的で客観的な描写の手法に変化しているのである。

私などでも自分が初期に描いた漫画をたまに読み返す機会があると、改めてきちんと同じテーマを描き直したいと思うことがあるが、安部公房の文学もやはり時を経てスクリーニングされ、洗練されて、さらにレイヤーの数も増えていく。そうしてできた満洲体験の集大成が、この小説なのではないだろうか。

『死に急ぐ鯨たち』に収録されているインタビュー「錨なき方舟の時代」（一九八四年）で、安部公房は自分のルーツや満洲の原風景についてたくさん語っている。そこで語られている殺伐とした捉えどころのない風景は、まさに彼の軸にあるもので、この小説に描かれている世界そのものだ。

満洲の小学校では日本の教科書を使っていたために、そこに出てくる山や川がある日本の風景と、「地平線までのっぺりして何にもなくて」砂漠化が進行する原野が広がるだけの目の前の満洲の風景とのギャップに、彼はコンプレックスを感じたと述べている。

この小説の久木久三も作者と同じく、満洲で日本の教科書を読まされていた。

日本について知っていることといえば、学校の教科書から想像しているだけのことである——(富士山、日本三景、海にかこまれた、緑色の微笑の島……風は柔らかで、小鳥が鳴き、魚がおよいでいる……秋になると、林の中で、木の葉がふり、そのあとに陽がかがやいて、赤い実が色づく……勤勉なる大地、勤勉なる人々……)

久三もまた作者と同じように、日本というまだ見ぬ故郷への憧れを募らせていたのだ。

久三の父は二十年ほど前、満洲北部の植民都市・巴哈林《パハリン》へ、パルプ工場ができるときに技師たちと一緒に北九州から渡ってきた、木工職人だったらしい。半年後に母が渡満し、その年の冬に久三を産んだが、すぐに父は死亡。母は工場に寮母として住み込み、久三を育てた。

久三が十六歳のとき、一九四五年八月九日の午後、ソビエトが第二次世界大戦に参戦。ソ連軍が町にやってきた晩、母が流れ弾に当たって重傷を負い、翌日死亡。孤児となり、他の日本人たちから置き去りにされた久三は、ロシア人将校のアレクサンドロフ中尉に拾われる。十五日、戦争が終わった。久三はアレクサンドロフに「ファシストの犠牲者」と呼ばれ、そのままロシア人たちの下にとどまることになる。

翌一九四六年三月末、ソ連軍は撤退し、代わって八路軍が進駐してきたが、アレクサンドロフは他の十数名とともに、通信技術者として残留することになった。久三はいつしか片言のロシア語を覚え、それからさらに二年間、そこで一緒に暮らし続けた。

名前のない男

物語は一九四八年の初め頃、久三がロシア人たちと暮らすソ連軍の宿舎から逃げ出そうとする場面から始まる。登場するロシア人は、アレクサンドロフ中尉の他に、熊中尉（あだ名）、戦慄少尉（同）、女軍医のダーニャという面々。

南行きの列車が出るらしいという情報を聞きつけた久三は、深夜、彼らがウォトカで陽気に酔っ払い寝込んだ隙に、ナイフと地図と銀の匙を盗んでそっと脱け出す。スリルのある、緊迫感に満ちた場面だ。

極寒の中、戒厳令下の市街を通り抜け、久三は引込線に停車している列車を見つける。そして有蓋《ゆうがい》貨車に忍び込むとそこに身を隠す。しかし朝になり列車が駅に移動すると、そこにアレクサンドロフと熊中尉と戦慄少尉が現れた。久三はあっさり彼らに見つかってしまう。もはやこれまでかと思われたが、なんとアレクサンドロフが久三に渡してくれたのは「特別旅行者証明書」だった。しかも代用通貨であるソ連の軍票まで持たせてくれる。ロシア人たちは、優しく久三を客車へと送り出したのだ。

この緊張と弛緩の落差が面白い。あれだけびくびくしてロシア人たちの下を脱出したのに、すぐに見つかって、逆にロシア人たちに気を遣われる。サスペンスフルで勢いのある筆致の中に、理想や希望に踊らされる人間の滑稽さや愚かさを、冷酷かつユーモラスに象っている。

私はこの小説のそういうところが好きなのだろう。何といってもディテールには、即物的なユーモアや比喩がてんこ盛りだし、「希望」という言葉を常に安部公房は疑っていたけれど、それに翻弄される心理状態に置かれた人間がどうなっていくのかを俯瞰で描いている。そうすることで、安部公房はみずからの原風景の中で彼自身を形づくったものを、もう一度きちんと確認することができたのかもしれないと思う。

出発した列車の満員の客車から、最後尾のデッキに移った久三は、そこで日本語の本を読んでいる、片目が義眼の男に出会う。

男は久三に向かって日本語を流暢《りゅうちょう》に喋る。自分は中国人で、「通信工作員だから、いろんな言葉を話せるよ。日本語、朝鮮語、北京語、福建語、これだけはまあ区別なしにつかえるね。それに蒙古語とロシヤ語もまあまあというところだな」と言い、「汪木枕」と名乗る。

この男が久三の旅の道連れとしてずっと同行することになる。このあと列車は銃撃を受け、転覆事故を起こすのだが、それはすでに中国大陸が八路軍と国府軍（国民党軍）との国共内戦の舞台となっていたからだ。国府軍と内通し、事件が起こることを知っていた汪のアドバイスで助かった久三。二人は線路に沿って歩き、川を渡り、林を抜けて南へと進む。

「ここらはまだ敵と味方の境界線だからな。おれの考えじゃな、なんといっても一番危険なのが境界線さ。そいつは、敵のまん中よりも、もっと危険なんだ」

と語る汪は、「おふくろが日本人で、そのおふくろの父親は朝鮮人で、その先はよく分らん」と言ってから、「新しい名前」を久三に教え、以後は汪でなくこの名で呼べと言う。それは「高石塔《コウセキトウ》」という名で、「南にいけば、ちょっとばかり通った名前さ」。

この謎めいた男には強烈なインパクトがある。安部公房が生み出したキャラクターの中でも、私の中では際立って印象的だ。固定された名前がなく、国籍も不明で、実体がわからない。記号として人の統括下に置かれない生き方をする、自由な人間というべきか。たぶんそれに影響されたのだろう、私も自分の漫画に名前のない子供を登場させたことがある。

この男はアイデンティティが不安定だから、味方なのか敵なのかもわからない。久三にとっては足手まといになったり、裏切られたりもする、厄介な存在になっていく。

この男が同行することで、久三が持っている未来への期待や、しごく真っ当な正義感、自分が帰属すべき故郷に行きたいという希望が、ことごとく相対化され、不安に曝されることになる。もし私がこの小説を原作に漫画を描けと言われたら、久三よりもこの高を主役にして描きたくなるかもしれない。そのくらい面白い人物だと思う。

しかもこのあと見るように、この男はいくら死にそうになっても死なないのだ。その強靭な生命力がまた凄まじい。

「残酷な光景」

極寒の満洲の荒野にさまよい出た久三と高の徒歩行は、しだいに凄絶なものになっていく。野犬の群れを追い払い、線路から離れたコースを夜通し歩き続ける。

しかし、なんという残酷な光景だったろう。この広さの中では、人間はあまりにも小さすぎ、しかもその小さな人間が、すくなくもこの半径四キロ以内には、身をかくす場所さえない始末なのである。

黒澤明がソ連で撮影した映画『デルス・ウザーラ』（一九七五年）で、ロシア人探検家アルセーニエフと先住民猟師のデルスが道に迷って、極寒のシベリアの原野で野宿しなくてはならなくなるシーンがある。デルスの指示で枯草をたくさん刈り集め、素早く小屋のようなものを作ってなんとか命拾いするが、そのシーンを思い出す。ちなみにわが息子の名前デルスはこの映画からいただだいた。

久三と高も凍った草を刈り集めて小さな焚火を作り、交代で寝るのだが、「氷の上に寝ているみたい」に寒い。高は「歯をガチガチ鳴らして」「けいれんし、二回ほど黄色いものを吐いた」。久三は高にウォトカを飲ませ、焚火で氷を溶かしたお湯を飲ませてやる。「自分より弱いものができると、人間は強くなるものだ」と久三は思う。

しかしいくら歩いても荒野の風景に変化はなく、いつまでも同じところを歩いているように感じられる。「石ころと、溝と、枯草と、地平線までつづくうねりの果てしない繰返し」なのだ。疲労と寒さと睡眠不足で、高の様子はどんどん異様さを増していく。

高はとつぜん笑いだし、意味のないことを叫ぶ。「アンダラ、ツォアン、チィ、ルゥルゥルゥ……」。顔が青黒くむくんで唇は白く乾き、そのまわりに凍傷の黒い輪ができて、高熱を出す。久三はそれを見て「まちがいなく死ぬなと思い、恐ろしくなってしまった」。

明け方、高はいきなり鼻歌を歌いだす。「お嬢さん……」という歌詞だけが時おり繰り返される。久三は高が息絶える直前の歌かと思ったが、夜が明けても高は死なない。

この後、凍傷になり赤黒く腫れ上がった高の手の小指を、久三が頼まれて切り落とす場面がある。私はその描写が好きで、ふだんそういう残酷な描写は苦手なはずなのに、あまりに見事なので何度となく読み返してしまった。引用してみよう。

ナイフは、鉛筆けずりをすこし大きくしたくらいなもので、とても人間の体の細工につかえるような代物ではなかった。思いきって、しばり目のすぐ上のあたりにつきたててみる。皮がやぶれ、黒い血がゆっくりあふれだしてきた。しかしそれ以上どうにもならない。横に引いても切れないのなら、ついてひきはがす以外、方法がないわけだ。しかたなしに、またべつのところに突きとおす。何度かそんなことをしているうち、血管や神経や筋などが臓物のようにはみだしてきて、嚙みきれずに吐きだしたすじ肉のようになってしまった。それに、手がぬるぬるで、うまく力がはいらないのだ。そうかといって、いまさらやめるわけにもいかぬ。薪の中から一本、ふと目の枝をみつけてきて、地面におき、そのうえに指をのせて、ナイフの刃で押しころがす。それでもまだうまくいかなかった。弾力のある固い部分が、骨のうしろに逃げてしまうのだ。高のナイフをよして、自分の蒙古刀にかえ、同じ要領でこんどは靴の踵でふみつけてみる。骨のくだける音がした。もう一度強くふむと、刃口は指を切りはなし、ついでにその下の枝も二つに切って、地面にくいこんだ。胸がむかむかした。

切れ味の悪いナイフで肉がうまく切れない感じとか、生ぬるい血がぬるぬるする感じとか、詳細な描写が読む者の感覚を強烈に刺激する。簡単には切れない指がそれ自体、高という男の一筋縄ではいかない人格を表しているかのようだ。

高は気絶している。だが久三がちょっと目を離した隙に、意識を取り戻した高は残りの貴重な食糧をむさぼり食う。久三が「馬鹿！」と激怒して突き飛ばすと、「あけた口から舌の先をつきだし、よだれは流しっぱなし、目はつり上って白眼になり、義眼だけが真正面を凄い目つきでにらんでいた」。怒りにまかせて髪をつかみ、頭を地面に叩きつける。すると体をふるわせて嘔吐し、消化されない乾パンやチーズや腸詰が粘液まみれで噴き出してくる。そして泡を吹きながら、高はまた「お嬢さん……」と歌いだす。久三は大声で荒野に向かって泣きじゃくる。この、凍りついた荒野を二人でさすらうシーンは、ことごとく壮絶だ。安部公房の描写してきた壁の中でも最も凄まじいものではないかと思う。

まだ雪でも降れば少しは情緒的になるのだろうが、この荒野は乾燥して凍《いて》ついている。そしてそんな場所の真ん中に人間が剝き出しの状態となって彷徨っている。

即物的な描写力

極限状態に置かれると、人間という生きものはあらゆる精神のコントロール機能を失い、飢えて荒ぶる野獣と同じような有様となる。

これは一種のサバイバル小説だけれども、読者は悲惨極まりない光景に引き込まれるわけではない。我々は傍観者であり、あくまで俯瞰で象られる、突き放したような残酷なユーモア的目線で、死と格闘する二人の人物を観察するのである。こういったテクニックもやはり安部公房ならではの特徴だろう。

切迫した情景をこんなふうに滑稽に描ける作家はそういないが、私はやはりガルシア＝マルケスを思い出す。たとえば私が最も好きなマルケスの長編『族長の秋』（一九七五年）の冒頭で、大統領府に群衆が押しかけてきて、荒廃した内部の光景がやはり悲惨さとユーモラスさを交えたかたちで表現されている。苔《こけ》や海の寄生虫に覆われた大統領の屍《しかばね》が鳥に啄《ついば》まれている、そのイメージが凄い。また、短編『奇跡の行商人、善人のブラカマン』（短編集『エレンディラ』七二年所収）の、毒蛇に咬《か》まれた行商人の体が死後膨張で膨れ上がる場面とか、語り手の少年が行商人に監禁されて痛めつけられ、生きたまま体が腐り始める場面など、人間をことごとく即物的に、マテリアルに捉える描写力が安部公房との共通点だと感じている。

私も情緒的な愛などは否定しないし、もちろん映画を見て泣くことだってあるけれど、それは私の中に内在する倫理や道徳心による効果であって、場合によってはその情動も引き剝がすことが可能だ。そして本当に大変な事態と向き合うとき、人間というのは情動を演出するゆとりなどなくなる。久三と高のように、極限的なサバイバル状況に置かれたときに、情緒や倫理にはもうなんの便宜性もない。露わになるのは剝き出しの実存的感覚のみだ。

食糧がなくなってからの飢餓感の描写も凄い。久三は高の食べ残しを少し口に入れたとたん、その動作を抑制できなくなってしまう。食欲はないのに、飢えのほうが承知しないのだ。飢えが何か実体のあるもののように取り憑いて放さなくなる。飢えと食欲が別のものだという洞察が面白い。

久三は沼の氷を割って、その下の魚を食べようと思いつくが、悪戦苦闘の末に失敗する。高は久三が氷を割ろうとして撃ったピストルの音で昏睡から目覚め、突然正気に戻る。数日前に焚火が枯草に燃え移り、野火になったとき焼け跡に見つけた、野ネズミの死骸を久三はふと思い出す。「歯をむきだし、白い腹をはちきれんばかりにふくらまして」仰向けになった、焼けたネズミ。それは貴重な食べ物になったはずだ。

ネズミの死骸はこの小説中に何か所か出てくる。冒頭のシーンでも、脱走しようとする久三が台所で水を汲むため、桶に張った氷を割ろうと流し台の上の棚のハンマーを手探りすると、「固い毛ばだった、たわしのようなもの」に触れるのだが、それは「鼠の死骸」なのだ。この後、久三は足もとに野ネズミの死骸を見つけ、「なんだい、こんなところにいたのか」と笑うが、それは実は幻で、拾おうとすると消えてしまう。野ネズミが何かの象徴だとすれば、それは久三にとっての自分自身かもしれない。

飢餓感といえば、「ぷつぷつ油をふきだしながら燃えている枯枝」を見ているうち、その枝に新芽があることに気づき、そのいぼいぼの新芽を齧《かじ》る場面がある。

とうもろこしをかじる要領で両端をもってまわしながら、噛んでみた。味はちょっと苦いだけで甘味もあり、たいしたことはなかったが、臭いがひどい。口じゅうが脂でべたつき、なまぐさい強烈なにおいが、口蓋をつたってねっとりと目の裏にまでひろがるのだ。それでも三十センチほどのを、三本はかじった。やがて喉いっぱいにやわらかいゴム栓をおしこまれたような感じになった。頭の皮がひきつり、むかむかしてきた。栄養があるのだからと思って、耐えられるだけ耐えてみたが、とうとう我慢できずに、すっかりもどしてしまう。

素晴らしい描写だと思う。安部公房はどこかで新芽を齧ったことがあるのかもしれない。こんな描写は自分で経験してみないとかなわない気がする。

それと圧倒的なのが、自然描写だ。自然といったって、緑豊かできれいな花が咲いているような自然ではなく、凍りついた荒野の光景だ。安部公房が満洲から日本に引き揚げてきたとき最初に行った場所は、母の故郷である北海道の旭川だったが、そこはそこでまた自然の厳しいところだったという。前述のように私も北海道にいたから、人の手が加わっていない自然環境の恐ろしさや凶暴性みたいなものはよくわかる。満洲にせよ旭川にせよ、安部公房を取り巻く開拓地の自然は苛酷である。

開高健の小説『ロビンソンの末裔』（一九六〇年）には、戦後の旭川近郊の開拓村を舞台に、終戦前日に北海道開拓団に入った主人公一家の苛酷な運命が描かれている。そこには「夢と希望の新天地」という政府の謳い文句とはまるで違う現実が待っていた。クマに食われたり、凍死してしまったり、厳しいサバイバルを強いられる開拓民たちが描かれているが、同じテーマを安部公房が手がけたら、それはそれでまた興味深い表現となっていただろう。

安部公房という人はどうもそういった土地に縁が深かったようだ。「希望」という言葉に彼が不信感を持つようになったのには、そんなことも関係していると思う。

『けものたちは故郷をめざす』における、広漠として殺伐たる荒野の描写力は、「トップレベルの荒野文学」とでもいおうか。凍った土から体に染み入ってくる冷たい寒さや、枯草が点在するだけの植生と潤いの気配のない大地。そしてはるかな地平線と空の壮大さ。

地平線の南半分に、おりのようによごれた雲が沈澱しており、その手前に、地図でみたあの丘陵群が、幾重にもおり重なって行手をさえぎっているのだった。

しかしその小山の群は、まったくの禿げ山である。高さはそれほどでないはずなのだが、乾燥季には骨まで干からび、草は根をはるまえに鼠にくいちぎられ、ぼろぼろになったところで雨に流されけずりとられるので、その怪しげな起伏が横から朝日に浮き彫りに照らしだされ赤、黄、緑、紫、黒とあらゆる色に輝く姿は、まるで大連峰さながらに人を威圧するものがあった。

この小説は映像的な描写が多いので、映画化したらきっと面白いだろうと思うが（かってシナリオ化されたが、残念ながら映画は実現しなかった）、一方では、これだけ映像的だと、むしろあえて映像ではなく文学のままにしておいたほうがいいのかもしれない。荒野や砂漠という光景は、特定の景色で限定しないほうが、ずっと過酷さを増すように思う。

協調せずして共生する

やがて通りすがりの馬車が現れ、高は服の中に着込んでいたチョッキを久三に無理やり着せる。実はそのチョッキの中には多量のヘロインが隠されているらしい。馬車には馭者《ぎょしゃ》の若者と父親の老人が乗っていた。高と久三はその馬車に乗せてもらい、ほとんど眠ったまま、煎餅《チエンビン》に味噌を塗って焚火で焙った簡単な食事にありつくが、次に目覚めると屋根のない廃屋に置き去りにされていた。毛布と高の鞄が盗まれている。

高は久三を残して、すぐ近くの町に偵察に行く。久三は廃屋の中でミイラになった死体を五体見つける。無念を残して発疹チフスで死んだ人たちのようだ。やがて高は「饅頭《マントウ》と、塩からい肉の油づけと、ふわふわした何かの揚げ物」とサイダーを持って帰ってきた。「肉をかむと、ミイラの味がする。しかし同時にそれはすばらしい倖せの味でもあるのだ」。

高によれば、町に駐留していたのは八路軍ではなく国府軍で、白《バイ》という主計少将と交渉し、瀋陽《シンヤン》までトラックに乗せてもらえることになったらしい。そのために久三の有り金全部と腕時計が必要だという。夜、二人は白少将の逗留《とうりゅう》する屋敷に行き、取引成立。翌朝早く、トラックは慌ただしく瀋陽に出発することになる。

そのとき中庭に、馬車の若者が捕まって縛られていた。高は笑いながらその若者の顔を蹴りつける。若者は血を吐き、「いっしょにはきだされた白い歯が赤い紐の先にたれさがった」。久三は「君も、やるか?」という高の誘いに、慌てて首を横に振る。

とりあえず、こうして極寒の荒野のサバイバルは何とか切り抜けることができた。

価値観のまるで違う二人の人間が、同じ場所を目指して歩くというのはほんとうに面白い。作者はどこまで意識しているのかわからないが、共生とは何ぞやということも考えさせられる。今読むと、協調せずして共生することの可能性が描かれているようにも思う。お互いを否定し合っているのに、二人のコンビネーションにはなぜか結束力があるのである。

嫌な奴とずっと一緒にいなければならない。しかもその相手は信用できない。そこも素晴らしい。信用できないものとの共生というのは、人間にとって大事なことだと私は思う。

今の世の中は人を信じることが美徳とされ、それを否定するようなことを言うと残念に思われ、卑屈な人間だと疎まれる。でも実際には人間の世界なんていうのは、何かひとつ崩れればたちまちこうした状況になるのが現実だ。現代の日本のように経済的に豊かになった国は、正義や信頼や、真っ当な価値とされるものを否定しない社会を無理やり作ろうとする。でも戦後の怒濤の時代に、そんなものはまるで意味をなさなかった。生きているか死んでいるか、大気圏の中にいるかいないかというくらい、極端な状況に人が置かれていたからだ。自分たちを救ってくれた馬車の若者の顔を高が蹴りつけるシーンなど、残虐なのに全く不自然な展開に思えないのも、道徳という観念の脆さに人間らしさを覚えるからかもしれない。

安部公房の作品は今のような疫病の流行下でこそ読めば面白いと思うものがたくさんあるけれども、この小説などは、人間は所詮自分の判断で生き延びていくしかないという意識を目覚めさせてくれるきっかけとなるのではないだろうか。

そういえばコロナ禍になってから、「今この状況で一番お薦めの映画は?」とあるインタビューで聞かれたときに、ハッと思い浮かんだのが、トム・ハンクス主演の『キャスト・アウェイ』(ロバート・ゼメキス監督、二〇〇〇年)だった。これは私にとって『けものたちは故郷をめざす』と共通の要素を含んだサバイバル物である。

国際宅配便のフェデックスに勤め、秒単位で配達時間を管理するような真面目で勤勉なアメリカ人システム・エンジニアが、乗り込んだ貨物機の事故で太平洋に墜落、一人生き残って無人島に漂着する。その島にはやがて積荷も何箱か漂着する。

荷物を守らなきゃいけないという義務感とモラルが彼の中で破れ、箱を開けて中身を出していくのだが、それらはバレーボールとかスケート靴とかレースのスカートなど、使い道のないようなものばかり。ところがレースのスカートは魚捕りの網に役立ち、スケート靴のブレードは魚をさばくナイフとして役立つ。バレーボールはというと、最初は完全に無意味と思えたのに、手に怪我をして偶然そこについた血の手形に顔を描き、彼はそのボールをメーカー名から取った「ウィルソン」という名で呼ぶようになる。ウィルソンは一緒にその島で暮らす擬人化したパートナーとして、彼にとってかけがえのない友人的存在となる。

四年の歳月が過ぎ、原始人のようになっていた彼は、最終的に島の拘束から逃れて、筏《いかだ》で漂流中に救助される。牢獄だった島を脱出し、やっと文明国アメリカに戻ってマスコミに英雄扱いを受けるのだが、彼は強い虚無感に襲われる。自分が四年間囚われていたあの島のほうが、実は今よりも自由だったのではないかと。

その顚末を見たとき、なんと安部公房的だろうと感じたものだった。非文明的世界と孤独という辛い世界から自由を求めて逃れてきて、やっと辿り着いた母国の自由に違和感を覚える主人公は、壁と向き合う安部公房作品の主人公のようだ。

日本人からの拒絶

さて、久三と高が到着した大都会・瀋陽《シンヤン》は、少年時代の安部公房が育った街である。満洲国時代は奉天という名で呼ばれていた。その街を終盤の舞台に持ってくるところに、この小説に対する安部公房の並々ならぬ思いを感じる。

久三は翌日再会する約束をした高といったん別れ、高に教わった公園にある壊れた噴水内部の空洞に、一晩身を潜めることになる。その近くの小屋には浮浪児の少年が棲んでいて、野良犬を罠にかけて捕まえては殺して肉にしている。

ところが翌日の夕方になっても高は来ない。そして久三は何者かに殴打され気絶する。激痛とともに夢から覚めると、外套《がいとう》が切り裂かれ、その下に着ていたチョッキが盗まれている。アレクサンドロフからもらった証明書を隠してあった片方の靴も脱がされ、ナイフも銀の匙も盗まれてしまった。そのことを知っている高の仕業に違いないと久三は思う。

再び昏倒した久三は、犬殺しの少年の小屋で目覚める。少年は「日本の鬼野郎」と久三を罵り、足蹴にしつつも、水を飲ませて犬の肉などの食べ物をくれる。何を考えているのかわからず、恐ろしげに見えて実は親切なこの浮浪児の少年は、なんともたくましくて魅力的なキャラクターだ。突然、「日本人のところに、つれていってやらあ」と言う少年。にぎやかな市街を抜け、「ここから先は、一人で行きな」と言う少年と別れて久三が辿り着いたのは、塀の上に有刺鉄線を張りめぐらせた「日僑留用者住宅」という一画。門には国府軍の兵士と日本人の青年がいる。

久三は犬のようにあえぎながら、「にほん、じん、です……」と声をかける。しかし中には入れてもらえず、「証明書がなけりゃ、ここには入れないんだよ」と犬のように追い払われてしまう。「ぼくは巴哈林《パハリン》から、歩いてきたんですよ」と泣きながら食い下がる久三に、日本人の青年は「町じゃ、日本人の子供はわりによろこんで使ってくれるってことだぜ」とすげない。「だってぼくは、日本人に、帰りたいんですよ」。

塀の中で遊ぶ子供たちから「乞食がのぞいとるぞう!」と泥を投げられ、「ばか、日本人だぞ!」と叫び返す久三。「日本人があんなに黒い顔をしているもんか」と浴びせられる罵声と小石。恋い焦がれた日本人から受ける、差別の仕打ちの残酷さ。

ドアはすぐそこにあったが、その内部は無限に遠いのだ。けっきょく、あの人っ子ひとりいない荒野と、すこしも変りはしないじゃないか……いや、もっと悪いかもしれない。荒野はのがれることをこばんだのだが、町は近づくことをはばむのだ……

人間たちであふれる都会も、無人の荒野と変わらないと久三は気づいた。「いや、もっと悪いかもしれない」と思う。母国の日本人が、孤児である久三を拒絶するのだ。

そして改めて高に対する憎しみが湧いてくる。ふと、かつてソビエトの将校アレクサンドロフの発した「ファシスト」という言葉を久三は思い出す。「そういえばたしかに、高みたいなやつこそ、そのファシストにちがいないのだ……あいつは歯がこぼれるほど、馬車追いの若者を蹴りあげた……」。久三はたぶんそれを、凶暴な悪い人というくらいの意味で理解しているのだろう。

もしかすると、これを書いた当時の作者はまだコミュニストだったから、ソビエトのロシア人たちを好意的に描いた部分もあるかもしれない、などと憶測してしまう。久三は度々、親切な彼らの下から逃げ出したことを後悔するが、そこに作者の政治的な思想が影響しているのかどうかはわからない。ロシア人たちの親切さは、あくまでも西洋的なモラルを持つ人たちの人道的な態度として描かれていたに過ぎないのかもしれないが、彼らの存在が時々救いになるような効果を生み出しているのは確かだ。

そのすぐ後で久三の心は、「高は悪人かもしれない、しかし目的にむかってつき進む力をもっていた。いや、もしかすると、それほどの悪人ではなかったのかもしれないのだ」と揺れ動く。そして高の行動を好意的に解釈する可能性を考えながら、「いまの日本人なんかより、ずっと頼りになる男だった」と思う。

もちろん、自分は高にただ利用されただけだともわかっている。追いつめられた少年の心は、人間を信じたい気持ちと、不信との間で引き裂かれているのだ。その心情もよくわかるし、きっと安部公房もそんな思いを何度か経験したのだろう。

空腹を感じる本

久三は商店街で、浮浪児の少年の真似をして食べ物を盗もうと決意する。ところがそのとき、店先に日本人の男を偶然見つけ、追いすがる。男は久三を邪険に振り切ろうとするが、久三の発した「巴哈林《パハリン》」という言葉にふと反応し、「すると君……久木っていう男を知らんかね?」と問うのだ。「ぼくですよ!」と久三。男はたいそう驚き、久三を自室に連れて帰る。そのとき肉饅頭を取り寄せ、久三に寝込んでしまうまで腹いっぱい食べさせるのだが、久三は「ぜんぶで十二、三は食べたらしい」。

この場面を最初に読んだとき、私はお腹が空いて、肉饅頭が食べたくてどうしようもなくなった。それまで久三は、荒野ではなけなしの乾パンを少しずつ食べたり、枯れ枝の新芽を食べては吐いたりしていた。廃屋で高が町から持ってきた食べ物や、瀋陽では浮浪児のくれた犬の肉などを食べる場面はあったけれど、ここまで安心して、美味しそうにお腹いっぱい食べる場面はなかった。

同じ戦中戦後の満洲を舞台にした『終りし道の標べに』の頃は、実際に作者が空腹で困窮しているさなかに書いた作品だから、まだ空腹感に距離を置いて書く余裕がなかっただろう。けれども『けものたちは故郷をめざす』の頃になると、子供もできて、物置小屋のバラックから二階建ての借家に越し、北海道から母と妹を呼んで同居させるくらい、生活にゆとりができてきた。するとこういう表現にも厚みが出てくる。客観的に面白味をもって、しかもリアルに空腹感を描くことができるようになったのではないだろうか。そこには安部公房の精神面での歴史が感じられる。

ちなみに私が今まで読んだ本の中で、読んでいて最もお腹が空いた本は、この小説と漫画『はだしのゲン』（中沢啓治作、一九七三〜八七年）である。戦中戦後の飢餓感の描写はどんな媒体であろうと、感情移入したとたんにとてつもない食欲を誘発する。

子供の頃、『はだしのゲン』に出てくる、一升瓶に玄米を入れ棒で搗《つ》いた米がどうしても食べてみたくて、母親に無理やり頼み、「なんでこんなことしなきゃいけないのよ」と文句を言いながらも母がやってくれたことがある。空腹で辛い状態のときに、その旨さがいかに腹に染み渡るのかを想像するために、自分でもその味を感じてみたかったのだ。

安部公房も小説を書くときに、そこに出てくることを可能な範囲で実際に試してみたそうだ。長編『箱男』（一九七三年）を書いているときには、自宅で実際に自分がダンボールの箱に入って、しばらく過ごしてみたと語っている。

私も安部公房の小説を読んでいると、具体的に実践して、その状況に置かれた感覚を知りたくなる衝動に見舞われるときがある。しかしこの『けものたちは故郷をめざす』を最初にイタリアで読んだときは、まさに自分も食べる物がない状態だった。近所の店はすべてツケが未払いの状態だったから、外出先から家に戻るときは店がシャッターを下ろすまで近くの公園などで待つこともあった。店の人に見つかると支払いを催促されるからだ。空腹は落ち込みを増長させる。社会に従事しない道の選択は、奇跡的な成功を得られなければ、生きることすら保障されなくなるのかと思うと、絶望的な気持ちになった。社会にすがらず、自由を自分で舵取りし、自分を生かしていくことの大変さを痛感しまくった。だから久木久三がようやくお腹いっぱい肉饅頭を食べるシーンに、当時の私は肉体的にも猛烈に反応したのだと思う。

自由であることの苛酷さ

久三が瀋陽で出会った日本人は大兼保雄という名で、彼の説明によると、どうやら高は以前へロインの運び屋として仲間と一緒に八路軍の占領地帯に乗り込み、内戦の混乱に乗じて独り占めしたヘロインを持って逃走したようだ。「しかし、とんでもないいかさま師だな。おめえを隠し場にするなんて、いい思いつきをしたもんだ」と大兼は言う。大兼は久三に連れられて瀋陽を出発し、沙城《シァチョン》の港から出る船で日本へ向かうことになる。船のタラップを上ればもう「日本の領土だぜ」と大兼は言う。

そして久三は船上で高と再会する。高に会えた喜びと怒りの気持ちに引き裂かれる久三。「どっちが、本物の、久木久三さんですね……」と大兼。高は久木久三の名を騙《かた》り、日本へ脱出しようとしていたらしい。「悪いことは、できねえもんだな……」と船長。高は暴れて取り押さえられ、船倉の壁と機関室の壁の間の狭い空間に閉じ込められた。久三はコック補佐として炊事の手伝いを命じられる。入港予定地も教えてもらえず苛立つ久三に、船長は「降りたって、ろくなことはないんだぜ。浮浪児になって、うろうろごみためをあさるのがおちさ」と言い、それを聞いた久三は怒りに駆られる。

ちくしょう、浮浪児なんかであるもんか！　高ははっきり約束してくれたんだ、五十万円くれるって！　……終始、置き去りにされつづけ、やっとたどりつこうとしている最後の扉のまえで、いまさらこんなあつかいをうけるなんて……苦しみは正当にむくいられなければならないのだ……

高の居場所を突き止めた久三がそこへ行くと、高は全身かぎ裂きだらけで足首を手錠でつながれており、チョッキはすでに盗られている。「実は、私は、満州共和国亡命中央政権樹立の任務をおびてきておる。……（略）私は本当は日本人なんだ。久木久三と言いましてな……」としゃべり続ける高は、発狂していた。久三は大兼や船長と激しく揉めた末に、高のいる壁の隙間へ連れ戻され、足首に手錠をかけられて、なんと高の足首とつながれてしまう。やがて壁の向こうから港に着く音がし、「私は久木だよ……久木久三……」と繰り返す高に、「日本についたんだよ！」と叫ぶ久三。

久三は戦争と満洲という二つのしがらみから解かれて、自分がほんとうの故郷だと思っている日本へ渡るという自由を求めた。ソ連軍の下から逃げ出したのも、自由に救いを求めてのことだ。ところがその自由の旅の締めくくりが、最後にはとんでもない拘束になってしまう。狭い壁の隙間に閉じ込められてしまうのだ。自由はいつもどうしようもなく無防備であり、この旅は必然的に無防備アドベンチャーにならざるをえない。それがいかに苛酷なことか。

映画『イージー・ライダー』（デニス・ホッパー監督、一九六九年）の中で、ジャック・ニコルソン演じる酔っ払いの弁護士が語る、こんなセリフがある。「自由について話すことと、自由であることは、まったく別のことだ。みんなが個人の自由についてしゃべるが、自由な個人を見ると、たちまち怖くなるのさ」。

自由について語ることは容易い。私も自分の子供についての本（『ムスコ物語』）で「生きる自由を謳歌せよ！」などと書いたけれど、それは取りも直さず不条理と向き合うことであり、生きる困難と真正面から向き合うことでもある。自由という言葉を人間にとってあらゆる解放と幸福をもたらすものだと解釈している人には、『けものたちは故郷をめざす』を読めば自由の本質が書いてあるよと提言したい。

映画化もされたキューバの作家レイナルド・アレナスの自伝『夜になるまえに』(一九九二年)のことも思い出す。カストロ政権によって迫害されたホモセクシュアルの作家アレナスは、自由を求めて一九八〇年にアメリカに亡命する。アメリカは言論統制もないうえ、同性愛者にも親切な国のはずだった。しかしなかなか想像していたような生活は実現できず、貧しい暮らしの中でエイズを発病し心労の重圧に耐えられなくなったアレナスは、九〇年に鎮痛剤で自殺してしまう。この自伝は死後刊行されたものだ。

自由というものの実態を描いた映画といえば『真夜中のカーボーイ』(ジョン・シュレシンジャー監督、一九六九年)も外せないだろう。自慢の肉体でジゴロとなり金持ちの夫人を相手に一旗揚げようと、ゴージャスな暮らしを夢見てテキサスからニューヨークにやってきたカウボーイ姿の青年ジョーが、ダスティン・ホフマン演じるラッツォ(ネズミ)と呼ばれる貧相な男と出会い、彼と同居をしながら、夢を叶えてくれるはずの社会で惨憺たる思いをすることになる。十九歳の頃に初めてイタリアのテレビでこの映画を見たときの衝撃は凄まじかった。今でも気持ちがうわついたときには何気なく見てしまうことがあるが、おそらく自分に最も強い影響を与えた映像作品であることには間違いない。

これらは自由の持つ凶暴な側面を認めようとしない人間たちの葛藤が描かれた表現作品の例だが、だからといって軍国主義や全体主義に従えば人生を楽しめるかというと、そうではない。人間ひとりがこの世に生まれてきてから死ぬまでの社会的拘束が、顕在化しているか、そうでないか。それだけの違いなのだ。

安部公房は、不安や不条理と向き合ってでも自由を選んできた。大陸からの引揚者というだけでも生活が大変なのに、彼は医者になることを放棄し、栄養失調で餓死寸前の状態になっても、自由にものを書く創作者として生きる道を選んだ。たとえ生活の保障を得られなくても、また狂気の淵に陥るぎりぎりまで悩むかもしれないけれども、それであっても自由を選択する。私も若いときはあれだけ散々悩んだにもかかわらず、けっきょくひとりで生き方を決める道を選んで今に至っている。

励みと諦観の文学

われわれヒトという生き物は、生物学的にはヒツジやイワシやアリやハチと同じように群棲社会を築き上げる種類の生き物である。にもかかわらず精神という厄介なものを備えてしまったがために、自我という意識と、自らの存在を他者に認知してもらいたいという欲求を抱くようになってしまった。安部公房風にいえば、遺伝子レベルに組み込まれた閉じたプログラムを個別性に向かって開く、「ことば」を持ってしまったのである。「ことば」は自分とは何者か、とか、自分の生まれてきた意味、といった自分を特別視した余計な考えをどんどん植えつけていく。それが理由で、群れから外れて生きようとする人間も現れる。そこで個人という意識を捨てさせ、集団を画一的に統制しようというのが独裁制であり、全体主義的な社会主義であり、ファシズムである。

『けものたちは故郷をめざす』の「けもの」とは何かと考えてみたとき、それは明らかに群棲のヒツジのような動物ではなく、トラやヒョウのように群れを作らず孤立して生きていく動物を指しているはずだ。この小説の久木久三と高石塔はまさに「けものたち」である。といってもトラやヒョウのような類ではなく、群れから外されて野生化してしまった野良犬みたいなものかもしれない。高に関しては一筋縄ではいかないベテランの野良犬だ。獰猛《どうもう》だがどこかさもしく、簡単には死なない強靭な生命力を持っている。

久木久三は、自分が本来帰属しているはずの群れが暮らしているであろう、日本という母国をめざすわけだから、本来、群れる習性自体に抗っているわけではない。ところが皮肉にもそのために、野良犬化せざるを得なくなってしまった。そもそも母親が流れ弾に当たってさえいなければ、みんなと一緒に引揚船に乗れていただろう。

荒野を彷徨いながら、高という人間としての〝失敗例〟を睨みつつ、自分は日本人なんだ、日本に帰属するんだという業のようなものが、彼をさらにけもの化させる。猛々《たけだけ》しい思いで、何があっても本当の自分の「故郷」をめざすという執念は、もしかするとどんな生物にも内在しているものなのかもしれない。鮭も四年の回遊を経て最後には自分の生まれた川へ戻って産卵する。ボロボロになっても、とにかく自分の生まれた川には戻ってくるのである。故郷というのは強烈な磁場だ。

最終的に、久三も高も鎖につながれ、檻に入れられたかたちで旅を終える。彼らは人権すらない、一介の〝けもの〟なのである。

『けものたちは故郷をめざす』が発表された年である一九五七年に、安部公房は最初の評論集『猛獣の心に計算器の手を』を刊行した。それに絡めて言うならば、安部公房はいつも「計算器」のように科学的で精確な手つきで書きながら、あくまでもその心は「猛獣」のように血みどろに傷つき、現実に対して鋭い牙を剝いて、吠え声を上げているのだ。

なぜなら、作品には彼自身の苛酷な実体験が投影されているからである。第一章で述べたように、満洲から引き揚げる貨物船の中でコレラが発生し、上陸間際に船から出られなくなったという体験も、この小説のエンディングに反映されている。想像力だけではなく、実体験と的確な表現力が両方備わっていれば、書き手としては無敵だろう。安部公房は決して私小説のようなものは書かなかったけれども（他者の私小説を読むことも嫌っていた）、実は作品のあちこちに、形こそ変えているものの、彼自身のさまざまな体験とそれに付随する情動が必ず入り込んでいる。やっぱり積み重ねるべきは実体験である。
名高い最後の場面は圧倒的だ。少し長くなるが引用しておこう。

……ちくしょう、まるで同じところを、ぐるぐるまわっているみたいだな……いくら行っても、一歩も荒野から抜けだせない……もしかすると、日本なんて、どこにもないのかもしれないな……おれが歩くと、荒野も一緒に歩きだす。日本はどんどん逃げていってしまうのだ……一瞬、火花のような夢をみた。ずっと幼いころの、巴哈林《パハリン》の夢だった。高い塀の向うで、母親が洗濯をしている。彼はそのそばにしゃがんで、タライのあぶくを、次々と指でつぶして遊んでいるのだった。つぶしても、つぶしても、無数の空と太陽が、金色に輝きながらくるくるまわっている。そしてその光景を、塀ごしに、もう一人の疲れはてた彼が、おずおずとのぞきこんでいるのだ。どうしてもその塀をこえることができないまま……こうしておれは一生、塀の外ばかりをうろついていなければならないのだろうか？　……塀の外では人間は孤独で、猿のように歯をむきだしていなければ生きられない……（略）けもののようにしか、生きることができないのだ……「アー、アー、アー。」と高が馬鹿のようにだらしなく笑いだした……そうだな、もしかすると、おれははじめから道をまちがえていたのかもしれないな……「戦争だぞ、アー、アー、戦争だぞ、アー。私は主席大統領なんだぞ、アー。」……きっとおれは、出発したときから、反対にむかって歩きだしてしまっていたのだろう……たぶんそのせいで、まだこんなふうにして、荒野の中を迷いつづけていなければならないのだ……

だが突然、彼はこぶしを振りかざし、そのベンガラ色の鉄肌を打ちはじめる……けものになって、吠えながら、手の皮がむけて血がにじむのにもかまわずに、根かぎり打ちすえる。

この見事なラストシーンに、もはやコメントは不要だろう。どの作品も不条理かつ不穏な余韻を残して終わるのが安部公房流である。

久木久三はいったいこの後どうなってしまうのか、続きを想像してみるのも面白いかもしれない。このまま囚われ続けて朽ち果てるのか、船と一緒にまた中国へ戻るのか、あるいはどうにかして船から逃げ出すことができるのか……。

人間は生きていれば、必ずどこかで自由を欲する。ヒトという生き物が群棲であるにもかかわらず、「ことば」という開かれたプログラムによって、自分という個人を尊重して生きていきたいと思う瞬間が誰にもくるだろう。ただ、個人という意識を保持し続けていくには、久三が体験してきたような荒波に揉まれる覚悟も、どこかでしなければならない。人間は強靭な生物だから、不条理や理不尽な展開と向き合っても、なんとかそれを乗り越えていく。安部公房文学全体に通底しているのは、まさにこの人間という生物のしたたかさと忍耐力の顕示であり、だからこそ予定調和の許されない人生を歩む人間の実態ばかりを、滑稽かつエネルギッシュに描き出し続けてきたのだろう。

安部公房の文学は、自由や個人という言葉に翻弄され、傷つきながらも必死で人生を突き進んでいく人間の心を支えてくれる、励みと諦観の文学とも言える。自由という言葉のまやかしを暴きつつも、そんな自由の狂気に取り憑かれる人間の心理を、情けを潜ませた筆致で象っていく。

嫌なのはわかっているが、自由を求めるのであれば、そこに必ず付随している不安や不条理から目を逸らしてはならない。それが安部公房文学の核心だとするなら、この小説の高石塔という人物こそまさに自由に付随する不安や不条理そのものだと言えるだろう。けっきょく久三は不安なまま、最後まで彼から離れることはない。むしろ離れたら離れたで寂しくなるような、友情に似たものを感じている気配すらある。高という史上最悪の人物とそれでも共生していく久三の心理こそ、この作品から学ぶべきコンテンツと捉えていいのではないだろうか。

自由の実態と性質を、人間はもっと自覚するべきだと、安部公房はあらゆる作品の向こう側から、私たちに示唆しているのである。

第五章

「他人」の壁

『他人の顔』

都市の孤独な人間

四作目の長編小説であるSF『第四間氷期』（一九五九年）、五作目の異色社会派ミステリー『石の眼』（六〇年）の後、六作目の長編『砂の女』（六二年）は、本人も自負するように、初期の試行錯誤的な実験の集大成的な作品だった。ここに至って、ドキュメンタルなリアリズムの系列と、シュルレアリスム的なファンタジーの系列、さらには哲学的な思弁や寓話が、高度な融合を果たした。

世界的ヒット作となった『砂の女』以後、安部公房は自らのスタイルを確立しつつ、さらなる実験と探求に挑んでいく。長編小説はまず『他人の顔』（一九六四年）、意外な歴史もの『榎本武揚』（六五年）、SF『人間そっくり』（六七年）、それから『砂の女』と同じ書き下ろしシリーズの『燃えつきた地図』（六七年）、『箱男』（七三年）、『密会』（七七年）と続く。

映画では勅使河原宏監督とのコンビで連続してシナリオを担当（『おとし穴』一九六二年、『砂の女』六四年、『他人の顔』六六年、『燃えつきた地図』六八年、ほか短編映画も）。ちなみに勅使河原監督は戦後間もない頃の「世紀の会」以来の盟友である。

演劇では『棒になった男』（六九年）から演出にも自ら乗り出す。

私は以前、安部公房シナリオのテレビドラマ『虫は死ね』（一九六三年）や、映画『他人の顔』『燃えつきた地図』、舞台『棒になった男』の第一景「鞄」などにも出演した市原悦子さんと、ラジオで対談したことがある。それは市原さんと安部公房のことを語るという稀有な番組だった。市原さんがあの独特のお声で、「とっても温かくてね、大きな方でした」とおっしゃっていたのが心に残っている。

舞台『ガイドブック』(一九七一年)の演出を経て、七三年には主宰する演劇グループ「安部公房スタジオ」を旗揚げし、田中邦衛、仲代達矢、井川比佐志、山口果林らの俳優が参加。渋谷公園通りの教会地下に稽古場を構え、西武劇場(現・PARCO劇場)を拠点に、美術館などでも意欲的な新作劇を上演した。七九年、アメリカ公演も果たした舞台『仔象は死んだ』を最後に活動休止するまで、作・演出のみならず、当時日本ではまだ珍しかったシンセサイザーで音楽まで手がけた。舞台美術は真知夫人である。

この一九六〇~七〇年代には、代表作となる一連の新作長編を繰り出し、それらが次々と各国語に翻訳されて、彼は名実ともに世界的な作家の一人となった。文学および映画・演劇の最前線で活躍した時代といっていいだろう。

ただしその小説は、作中の失踪者が都市の迷宮に入り込んでいくように、文学の迷宮の中へとしだいに奥深く入り込んでいった。新たなフェイズへと果敢に挑みながら、作品に描かれる世界は時代とともにどんどん閉塞感を増していく。

この時期、安部公房は「他人との関係」というテーマを、自分の文学の中心軸として自覚することになる。都市の孤独な人間における他者への通路を探求することが、重要テーマとして浮かび上がった。それはおそらく前章で『けものたちは故郷をめざす』に見た、不安や不条理との共生にそのまま通じるものだろう。

「当分のあいだ、他人はぼくのテーマでありつづけることだろう。下手をすると、一生このテーマから抜け出すことが出来ず、けっきょく、他人に打ち負かされたままで終ってしまうのかもしれない。（略）他人への通路の探険は、やはりぜったいに放棄を許されない、ぼくの存在自体にかかわるテーマであるらしい」（「消しゴムで書く——私の文学」一九六六年）と、当時のエッセイに記している。

人間はどうやったらこの社会の中で自由に生きられるのか。その一貫した問題を問い続け、極限状況におけるサバイバルを描き続ける安部公房文学には、「失踪」のモチーフと同時に、「他人との関係」というテーマが深く関わってくる。

仮面を通して自分を取り戻せるか——『他人の顔』

そこに正面から取り組んだ作品の代表が『他人の顔』という作品である。

勤務先の研究所での液体空気の爆発事故により、顔一面にケロイドを負った化学者の

「ぼく」が主人公。自分の顔を喪失し、人前ではあたかも透明人間のように、常に顔面を包帯で覆って生活している「ぼく」は、自身の専門である高分子化学を応用し、本物の人間の顔そっくりの精巧な仮面を秘かに製作する。

この小説では、主人公は『砂の女』のように逃亡しようとするのではなく、初めから顔というアイデンティティを喪失している。そして仮面＝ペルソナを作ることで、他者への通路を回復しようとするのだ。

私は初期の作品『壁――S・カルマ氏の犯罪』を思い出す。あれは名前を失い、名刺と本物の自分が分離してしまう話だった。いわば世間体の自分と本質的な自分とが分離したわけだ。この『他人の顔』でも、外的な仮面を物理的に作ることで人格まで変貌し、それが分離してしまう。これも一種の変形譚といえるだろう。

主人公は自分のことを一番理解してほしいと思っている妻を、他人の顔をした仮面の男に変身して誘惑するのだが、妻は果たしてどっちのおれと付き合っているのかと混乱し始める。なぜなら、「仮面」もまたもう一人の自分だからだ。「ぼく」は自分自身のペルソナであり分身である「仮面」に嫉妬し、奇妙な三角関係に陥っていく。

顔はそもそも自分の外側に向けられた、他者によって認知される部分である。『壁――S・カルマ氏の犯罪』では、社会に対して「自分はこういうものです」という「名刺」にそれが象徴されていた。この主人公はおそらく、自分の本質は他者が見ているものではないという思いを抑制しながら生きてきた人なのだろう。そして妻には社会が認知しているおれとほんとうのおれのどっちを好きなのだろうという疑念を持ち、ぎこちない関係の中で顔を失った自分を拒絶しているのだという疑心暗鬼に取り憑かれる。つまり主人公は社会的なペルソナと、素顔の自分との間に齟齬を感じているということになる。ついに主人公は他人の顔の「仮面」となって妻を誘惑することを試みるが、妻が「仮面」の誘いにまんまとついて来てしまったことに動揺し、激しく嫉妬をかき立てられることになる。妻に対して内心では怒り狂い、「いったい、おまえは、何者なのだ?」と苦しみもがく。

主人公の三冊のノートによる告白を読んだ妻は、彼への手紙を置いて姿を消す。その手紙には、「仮面」の正体が彼であることは、初めから見抜いていたと書かれていた。むしろ彼が見抜かれていることを承知の上で、芝居を続けていると思っていたと妻は言う。だから自分は騙されたふりをし続けていたのだと。

あなたも、はじめは、仮面で自分を取り戻そうとしていたようですけど、でも、いつの間にやら、自分から逃げ出すための隠れ蓑としか考えなくなってしまいました。それでは、仮面ではなくて、べつな素顔と同じことではありませんか。とうとう尻尾を

出してしまいましたね。仮面のことではありません。あなたのことです。（略）
あなたに必要なのは、私ではなくて、きっと鏡なのです。どんな他人も、あなたにとっては、いずれ自分を映す鏡にしかすぎないのですから。そんな、鏡の沙漠なんかに、私は二度と引返したいとは思いません。

主人公はこの手紙に不意打ちを受け、極度の羞恥《しゅうち》を味わう。けっきょく、妻との関係の修復どころか、仮面による他者への通路の回復は失敗に終わる。そもそも仮面の正体は、主人公が隠れ家として借りたアパートの管理人の娘である、知的障害のあるらしいヨーヨー好きの少女にもとっくに見抜かれていた。妻にわからないわけがない。

小説から二年後の映画版では、手紙ではなく、嫉妬に猛り狂って自分の仮面を剝がそうとする男（仲代達矢）に向かって妻（京マチ子）が直接言うセリフになっている。「よして！　気付いていなかったとでも思っているの？」。妻役を京マチ子が演じたのは適任だと思う。

ちなみに映画版では小説と異なり、医者（平幹二朗）が仮面を作る重要な存在としてフィーチャーされており、また小説の最後の部分にある架空の映画《愛の片側》が、物語の途中に何度かインサートされる。映画化の当初のアイデアでは、むしろ顔半分がケロイドの娘（入江美樹）を主人公にしてこちらを主軸にしようとしたようだが、シナリオ段階でうまくいかなかったらしい。

市原悦子さんはヨーヨーが好きな知的障害のある少女を演じているが、この役もまた強烈だった。デパートの食堂で勧誘され、仮面の皮膚のための型を取られる男は、田中邦衛と並んで安部公房お気に入りの俳優、井川比佐志だが（映画『おとし穴』や舞台『棒になった男』では主演している）、脇役なのに脳裏に刻印されるような強烈な存在感を放っている。武満徹によるテーマ音楽のワルツも悲壮なドラマティックさが横溢していて素晴らしい。ちなみにビアホールのシーンには、安部公房も武満徹も、客の役でカメオ出演している。

小説はすべて主人公の独白体で、個人的な思弁や行為として描かれているけれども、映画ではそれがミステリー仕立ての対話劇として脚色されているので、ちょっといかがわしい思想を持つ医者のような、対になる人物が必要だったのだろう。

映画版の『他人の顔』は原作とはまた違った印象があるが、とはいえこちらもアイデンティティのしがらみから逃れられない男の話である。顔を失って苦心して仮面を作り、せっかく新しい顔にしたのに、やっぱりおれはおれでしかない。しかも妻の誘惑には成功したはずなのに、その挙句、男は自ら自分のアイデンティティを暴いてしまうことになる。自分か妻が記憶喪失にでもならなければ、こんな企みがうまくいくわけもないと顧みる。

それにしても最初から仮面の正体を知っていて、それを言わない妻も怖い。黒澤明の映画に出てくる女たちもそうだが、『砂の女』をはじめとして、安部公房の作品に出てくる女は大概みんな何を考えているのかさっぱりわからないところが怖い。

仮面こそが素顔だった？

社会に向けたペルソナとしての自分とほんとうの自分ということでいえば、主人公にとって本質の自分は、むしろ「仮面」のほうだと思う。彼自身も最後に薄々気づくように、おそらく仮面こそが逆に素顔なのだ。

男は色々なことを試してみた挙句、「仮面」になって本質の自分を曝け出す。本質の自分の口説きに妻がまんまと誘惑されると、それに対しては怒りを覚える。社会に象られたペルソナと、ほんとうの自分が分離状態になってしまい、男は取り乱す。

前作『砂の女』とつなげて考えてみると、仁木順平の場合は昆虫採集や砂への執着だったけれども、この作品の主人公である男は組織の飽和した社会の中に帰属する自分に対して、社会に象られない、もう一人の自分をどこかに持っていたいと思っている。

毎日せっせとタイムレコーダーをおし、印鑑を彫らせ、名刺を注文し、肩書を刷り込み、貯金をし、カラーの寸法をはかり、歓送会には寄せ書きをし、生命保険をかけ、不動産の登記をし、暑中見舞を書き、身分証明書には写真を貼り……そのうち何れか一つでも忘れたりすれば、たちまち置き去りにされてしまうかもしれないような世界に住みながら、一度も透明人間になりたいと思ったことのない人間がいるとは、ちょっと信じられない……

社会の一つのネジとして生きていくのか、それともネジになることへの反発心から、もう一人の自分になるのか。主人公はたまたま事故で顔を失ったことで、他の自分になってみようという行動に出る。結果的に見ると、やはりこれも強烈な承認欲求の顕れだと思う。果たして社会に承認されたいのか、それとも妻に認められたいのか。そこで彼は揺れ動く。できれば妻には社会向けの自分ではなく、本質の、ありのままの自分を理解し、愛してもらいたい。だがそれはうまくいかない。

孤高の猛禽類ではない人間にとって、群れとして帰属するその最もシンプルな単位が夫婦だろう。結婚によって夫婦は一番身近かつミニマムな社会単位となる。たとえ会社や国家という大きな社会で不条理な目に遭っても、最小単位としての夫婦や家族に帰属できていれば、まだなんとかなると思う。だから他者への通路を回復しようとなると、まずは一番身近な社会単位における理解と認知を得たいと思うから、男は妻に執着することになる。

『砂の女』の仁木順平と同じで、この主人公もまた社会への帰属に違和感を覚えつつも、孤独にはなりきれない。何かにすがらずにはいられない。何かに照らしてみないと自分が見えてこない。まさしく妻が手紙で言うように、自分の姿を映してくれる鏡が必要というわけだ。

カフカの『変身』で虫になったグレゴール・ザムザみたいに、他者の見る自分が自分なのか、自分が感じている自分が自分なのか、その二つの分離し、引き裂かれた〝自分〟の間で生きるというのも、徹底して実存を問う安部公房の一貫したテーマだと思う。その後の『箱男』にしても、コンセプトはすべて一貫している。箱の中に閉じこもった男は「見ること」と「見られること」の間で引き裂かれているのだ。

社会的偏見への反逆

この『他人の顔』という小説には、当時の社会における人種差別のアクチュアルな問題が色濃く出ている。在日韓国・朝鮮人をめぐるエピソードが何度か出てくるし、アメリカの黒人差別問題も登場する。

人種や民族に対する社会的偏見は、「見る」「見られる」の関係性と切り離せない。「最初から人間に顔がなかったとしたら、日本人だとか、朝鮮人だとか、ロシア人だとか、イタリア人だとか、ポリネシア人だとか、そんな人種差別による問題など、起りえたかどうかも疑わしい」と主人公は考える。そして小説の終盤、たまたまアメリカで起きた黒人暴動のニュースをテレビで目にして、彼はこんな空想に耽る。

ぼくがその暴動の光景に、息づまるほどの思いをさせられたのは、ぼくのような顔を失くした男女が、数千人も、一緒に集まった場合のことを、つい連想させられたからかもしれない。ぼくらも、黒人たちのように、偏見に向って敢然と立ち上るのだろうか。あり得ないことである。（略）ところがぼくは、たしかにその暴動に魅せられていたようなのだ。なんの必然性もないくせに、ほんのわずかなきっかけで、ぼくら怪物の集団は、まともな連中の顔を目がけて、攻撃を開始していたかもしれないのだ。

他者から見られた自分と、自分が思う自分との乖離や齟齬は、人種差別問題と関係づけられ、主人公の空想の中では社会的暴動にまで発展する。だが、あくまでもそれは、現実には孤独で脆弱な存在である彼の裏返しの姿にすぎない。

この場面以前にも、仮面を手に入れて酒に酔った主人公が、どんな悪徳も可能なのではないかと気が大きくなり、自分が放火や殺人、痴漢などの犯罪行為に走ることを想像して、そこからとめどない空想に耽る場面がある。

仮面自体が、世間のしきたりに対する、重大な破壊行為だった。放火や、殺人が、はたしてそれ以上の破壊になるかどうか、単純な常識だけでは答えられないくらいである。それをはっきりさせようと思えば、ぼくが自分用のと同じくらい精巧な仮面の、大量生産に着手し、普及しはじめたときの世論のことを想像してみるのが、一番いい。仮面はおそらく、爆発的な人気を得て、ぼくの工場は拡張に拡張を重ねながら、全日操業をつづけても間に合わないくらいだろう。ある人間は突如消滅する。べつな人間は同時に、二人にも、三人にも分裂する。身分証明書は役に立たなくなり、手配のモンタージュ写真も無効になり、見合写真も破って捨てられる。見知っている者と、見知らぬ者とが、ごっちゃになり、アリバイの観念そのものが崩壊してしまうのだ。互いに他人を信じることが出来ないばかりか、他人を疑う根拠さえ失われ、まるで何も映らない鏡に向っているような、人間関係の御破算状態に、宙吊りになっていなければならないのである。

そこから主人公の妄想はどんどん広がっていく。「世間のしきたりというやつ」が勤務中の仮面の使用を禁止し、人気俳優は顔の版権を主張する。夫婦関係、商取引、入社試験でも自分の顔が仮面でないことの証明が必要になる。推理小説の人気は凋落、「もともと仮面の見世物であるはずの」映画や芝居も成立しない。化粧品メーカー、美容院、広告代理店も痛手を受ける。

その後も空想は続き、政府や国家を巻き込んだ大騒ぎになっていく。やがて仮面は麻薬並みの取り締まり対象となり、仮面の使用は凶悪犯罪として裁かれることになる。

この空想はまさに安部公房の面目躍如だろう。個人のアイデンティティの問題から世間、社会、そして国家へと、小説の根幹に潜むテーマがラディカルに展開していく。ここだけでもう一編、別の小説ができてしまいそうだ。

主人公は物語の最後に、再び仮面をかぶり空気拳銃を持って夜の街に出ていく。「気をつけるがいい。今度、おまえを襲うのは、野獣のような仮面なのである」と、妻に対して虚勢を張り、しかし自分にできるのはせいぜい「孤独な痴漢になる」ことくらいだとも自覚している。それでも「ぼくは人間を憎んでやる」と息巻いて、彼がその先、通り魔のような犯罪者になる予感を残して小説は終わる。

仮説と想像力

顔を失うということは、他人に認知されず、存在理由をなくすことを意味する。生きているのに生きてはいないような、そこにいるのにいない透明人間のようなものになる。そのほうが楽だし、自由でいいじゃないかと思う反面、たとえ違う顔になっても、やっぱり人間はどこかで、他者から認知されるアイデンティティを必要とする生き物だ。

私の好きなイタリアの作家に、シチリア島出身のルイージ・ピランデルロがいる。今、日本ではあまり知る人も少ないけれど、不条理劇の先駆けといわれる戯曲『作者を探す六人の登場人物』（一九二一年）を書いた劇作家でもある。彼の初期の作品に『故マッティーア・パスカル』（〇四年、原題 *Il fu Mattia Pascal*、邦題は『生きていたパスカル』など）という長編小説があって、とりわけそれが私の中では安部公房作品と重なるところがある。

その小説は、郷里を出奔《しゅっぽん》し不在中に他人の死体を自分と間違えられて、自殺したことにされ葬られてしまったマッティーア・パスカルという男の話である。つまり彼は、生きているのに死んでいるのだ。故郷に戻ろうとした列車のなかでその事実を知った彼は、これで故郷のしがらみから自由になり、別の人間として新しい人生を送ることができると喜ぶ。そして架空の人物を作り上げ、その人物になりきって生活するのである。ところが行き詰まった彼は、自殺したと見せかけて姿をくらます。そして故郷に帰り、法律上は死んだままのマッティーア・パスカルに戻る。

まさにアイデンティティを失った人の話であり、そのテーマといい、また飄々としてユーモラスな筆致といい、どこか安部公房文学を彷彿させる。しがらみから解き放たれて透明人間になったほうが自由を味わえるのだけれど、けっきょくそれでは心許なくなってしまい、自分の存在を認知してほしくなるところなど、まさに安部公房の作品と重なる。

ところで京大文学部でイタリア文学を専攻し、ピランデルロを卒業論文のテーマにしたのが、SF作家の小松左京である。私が現在『プリニウス』という漫画を合作している漫画家とり・みきさんに、あるときたまたまピランデルロの話をしたのがきっかけで、小松左京ファンのとりさんが小松さんのご子息に連絡を取り、ご子息からその卒業論文を送っていただいたことがある。うちの父はヴィオラも弾いたし、イタリア文学を読み、漫画も描いていたから、マリさんと絶対話が合いました、という内容のメッセージまでいただいて嬉しかったし、私もぜひお会いしてみたかった。

私がピランデルロを気に入ったのは、先に安部公房を読んでいたからだろうと思うが、小松左京も大学時代から、安部公房の初期作品にリアルタイムで熱中したという。一九六〇年、創刊したばかりの「S-Fマガジン」が募集した第一回空想科学小説コンテストに、短編『地には平和を』で応募し選外努力賞、同じく第二回に応募した『お茶漬の味』は入選となるのだが、そのとき選考委員の一人を務めていたのが安部公房だった。

安部公房の影響を受けている小松左京作品を私が面白いと思うのは当然だ。小松左京のSFは常に切実な社会性を帯びていて、希望的観測の未来よりも残酷な未来への恐怖をシビアに描いている。『復活の日』(一九六四年)はまさに今、人類が直面しているパンデミックによる危機を、強靭な想像力によってすでにリアルに描き出している。

有名な『日本沈没』(一九七三年)でも、科学的な未来予測が社会問題と結びつくが、その仮説の立て方は安部公房のSF長編『第四間氷期』(五九年)と似ていると思う。

『第四間氷期』では、海底火山の噴火や炭酸ガスの増加などによる温暖化により、北極・南極の氷が融けて海面が上昇、陸地がすべて水没する未来を、コンピューターの人工知能が予測する。環境異変をのがれた人類は今でいう遺伝子組み換え技術を使い、鰓《えら》を持った水棲人間に変化しているのだが、その未来を受け入れるか拒絶するかで、現代の人間は対立することになる。一方、『日本沈没』は地球物理学のプレート・テクトニクス理論をもとに、海底の地殻変動で地震や火山噴火が頻発するところから始まり、海中に沈没していく日本列島に住む、日本人という民族の運命が描かれる。移民になって生き延びるのか、それとも国土と一緒に滅びていくのか……。

こうして考えてみると、安部公房が導線となり、小松左京の一連の作品につながっているような気がする。私の場合も、たとえば『テルマエ・ロマエ』は自分ではSFだと思っているのだが、それは考えてみれば、やはり安部公房の手法の影響だろう。安部公房にとってのSFは、現在の一般的な捉え方よりも、もっと広い枠組みで捉えられた領域であり、仮説と想像力の文学を意味していると思う。だとするなら『他人の顔』にしても、顔の喪失という仮説を立て、仮面製作の過程を科学的な想像力でリアリズム的に記述するある種のSFだといえるし、安部公房文学はほとんどすべて、そう呼ぶこともできるだろう。

ここでもう一人、ポルトガルの詩人・作家であるフェルナンド・ペソアについても触れておきたい。私はペソアからもまた、安部公房の文学に通じるものを感じさせられるからである。一八八八年に生まれ一九三五年に没したペソアは、生前はほぼ無名だったが、その死後に膨大な量の草稿を残した。

ペソアの詩は非常にペシミスティックなようでいて、客観的でとても冷めており、乾燥している。しかしそこには「生きている」という宣言のようなものがある。『不穏の書』は、リスボンの繊維問屋で簿記事務の仕事をするベルナルド・ソアレスという架空の人物名義で書いた未完の散文集だが、これは人間観察記としても、アフォリズム（警句、箴言）風の断章としても、とても面白い。ペソアは本人名義の他に、いくつもの異名を用いて創作した。しかもそれぞれが独立した人格と風貌を持ち、作風はもちろんのこと、生まれや育ち、学歴や職歴などもみな異なるのである。

ペソアは自分のアイデンティティを分離し、「他人の顔」の仮面をいくつも使い分けながら、想像力によって異なる世界を描き出す。リスボンの貿易会社で商業翻訳の仕事をしながら、人知れず淡々と複数の他人になりきって創作にいそしんだペソア自身が、あたかも精神的な「失踪者」のようであり、まるで安部公房作品の登場人物のようにも思えるのである。

都市という砂漠――『燃えつきた地図』

さてここからは急ぎ足で、『他人の顔』以降の作品の中から、『砂の女』に続く新潮社の「純文学書下ろし特別作品」シリーズ『燃えつきた地図』『箱男』『密会』の三作についても見ておこうと思う。これらは一連の「失踪」モチーフによる代表作だからだ。

先ほどのピランデルロの小説ではないが、『砂の女』の最後に置かれた「失踪宣告」は、不在者の生死が七年以上わからない場合、失踪者とするという法律上の形式的な書面だった。『燃えつきた地図』も、同様に形式的な書面である興信所の《調査依頼書》で始まる。

「失踪人の行方動向」の調査依頼だ。

「失踪人の氏名」は根室洋、三十四歳の大燃商事販売拡張課長で、六か月前に失踪したまま消息を絶った。「依頼人氏名」は根室波瑠、失踪した男の妻である。

興信所の探偵である主人公の「ぼく」はその依頼を受け、愛用の軽自動車で、団地に住む根室の妻を訪ねる。窓にレモン色のカーテンがかかるその部屋で、依頼人であるその女自身も、あいまいで摑みどころがない。唯一の手がかりは夫のレインコートのポケットに残された、コーヒー店《つばき》のマッチ箱だけ。

単行本の函にある著者のことばには、こうある。

「『砂の女』では、逃げた男が主人公だった。こんどの作品では、逆に、追う男を主人公にした。都市……他人だけの砂漠……その迷路の中で、探偵はしだいに自分を見失っていく。あえて希望を語りはしなかったが、しかし絶望を語ったわけでもない。おのれの地図を焼き捨てて、他人の砂漠に歩き出す以外には、もはやどんな出発も成り立ち得ない、都市の時代なのだから……」

まさに都市という砂漠である。私の最初の読後の感想は、『砂の女』の砂が都会になったバージョンだな、というものだった。これこそまさに内山田洋とクール・ファイブの「東京砂漠」というやつである。

依頼人の女は、『砂の女』の女と同じでまるで捉えどころがない。夫がいなくなって、困っているんだか喜んでいるんだか、または諦観しているんだか、とにかくあいまいでよくわからない。探偵の「ぼく」が訪ねると、ひたすらビールを飲んでいる。所詮、男なんてそんなもんだろうというような、どこか冷めた視線がある。男の野心とか自己中心的な個人主義、我こそはと思う功名心などを、軽佻浮薄なものとして達観して眺めているようなところが、安部公房の描く女たちには一貫してあるように思う。

彼女の弟は、「ぼく」の行く先々に現れては捜査を翻弄する。その正体は、ある意味で日本の男性的な組織の縮図のような、暴力団の組に帰属するヤクザだ。弟が仕切っている飯場近くの河原には赤提灯のマイクロバスが並び、労働者相手の売春も行なわれていた。やがてそこで暴動が起き、弟は巻き込まれて殺されてしまう。

一方、根室の勤め先の部下だった田代という青年は会社組織に帰属しているが、会社への愚痴や人生に対する嘆きを饒舌《じょうぜつ》に口にしながら、肝心の事件についてはひたすら嘘しか言わない。

彼らが物語を攪乱《かくらん》し、混沌をどんどん増幅させる役割を演じる。

田代は秘かに根室課長が撮影していたというヌード写真を「ぼく」に見せ、盛り場の路地裏にあるヌード・スタジオへ案内するが、彼の話はすべて作り話で、写真も彼自身が撮影したものだった。田代から自殺予告の電話がかかってくるが、「ぼく」は当然本気にしない。ところが田代は電話ボックスの中でほんとうに首吊り自殺をしてしまう。

ちなみに映画版では田代の役をなんと渥美清が演じていた。しかも主人公の探偵役は勝新太郎で、依頼人の女の役が市原悦子さん。なんとも凄いキャスティングだ。キャスティングのインパクトに圧倒されてしまって、話よりも彼らの演技に集中力が吸い取られてしまう。そんなこともあって、この映画は一度きりしか見ていない。

『砂の女』や『他人の顔』に比べると、登場人物が異常に多いのがこの小説の特徴かもしれない。コーヒー店《つばき》の主人とウェイトレス、駐車場の守衛の老人、根室の会社の常務、取引先の燃料店の従業員、そこの事務員の女性、郵便局長夫妻、興信所の主任、河原のマイクロバスのラーメン屋台の親父、ヤクザの組員、飯場の労働者、家出少年による男娼組織の美少年、ヌード・スタジオのモデル、バーテンダー、図書館の女子学生、《洋裁店ピッコロ》を経営する主人公の別居中の妻、その店員の女性、タクシー運転手、ゴキブリの幼虫を酒の肴にする立ち飲み屋の客、などなど……。

それによって物語が立体的に立ち上がってくる。まさに「都市」である。砂の流動が、今度は生きた人間の流動に変わっているのだ。だからエンターテインメント性もあり、ハードボイルドで都会的な探偵小説に仕立てられている。

だが、しだいにフィルムのネガとポジが反転するように時空が歪み、町は見知らぬ迷路のように変容し、「ぼく」は所持品の意味すらわからなくなる。

失踪者を追うという目的を持っていた探偵の「ぼく」自身が、どんどんあいまいな存在になり、失踪者になってしまう。アイデンティティが失われて、最後にはもう誰なのかわからなくなる。そこには一流のレトリックが利いていて、物語を混沌とさせてしまうプロセスにも、計算された方法とテクニックの裏打ちがある。

そして、時代の流れを読み取るスキルを強く感じる。この小説を読んでいると、その時代に高度経済成長が進み、人がとにかくがむしゃらに、モーレツに働いて、あまり自我意識を持つこともできず、世間体の力が固まっていく情景が見えてくるのである。当然そこからはみ出してしまう人間も大勢いて、自殺したり蒸発したりすることが社会現象になっていた。今村昌平監督の映画『人間蒸発』の公開が、ちょうどこの小説の刊行と同じ一九六七年である。まさに小説の中でも、田代が地下通路の喫茶店で「ぼく」に見せる新聞の切れ端は、「蒸発人間」という見出しの記事だった。

都市の砂漠は、無機物である砂と違って、人間という有機物でできている。だから飲み屋に行ったり、表層的に人と会ったりすると、自分は孤独ではないかのように一瞬まやかされる。けれどもそのぶん突き落とされたときに感じる孤独も極端であり、むしろその点では砂でできた砂漠以上に厳しいのかもしれない。孤独感は都市における病気に近いだろう。自殺する田代はこんなセリフを言う。

「ふだん、顔見知りの、何人か、何十人か、何百人かとの付き合いだけで、世間の中に、ちゃんと自分の居場所を持っているようなつもりになっているけど、もっと身近に、こんなにぎっしりぼくを取りまいている人間が、ぜんぶ赤の他人で、しかもその他人のほうが、はるかに大勢なんでしょう」

ただし安部公房は、あえてそんな都市の孤独にこそ、共同体の因習的な人間関係から解放された新しい人間の可能性を見た。とはいえ何度も言うように、自由とは苛酷なものである。

究極の失踪——『箱男』

そんな都市の自由を極限までとことん突き詰めたのが、次の『箱男』である。安部公房は単行本函の著者のことばに、こう記している。

「都市には異端の臭いがたちこめている。人は自由な参加の機会を求め、永遠の不在証明を夢みるのだ。そこで、ダンボールの箱にもぐり込む者が現れたりする。かぶったとたんに、誰でもない存在になってしまえるのだ。だが、誰でもないということは、同時に誰でもありうることだろう。不在証明は手に入れても、かわりに存在証明を手離してしまったことになるわけだ。匿名の夢である。そんな夢に、はたして人はどこまで耐えうるものだろうか」

この小説は、他人との関係や都市の孤独というテーマを引き続き追求しつつ、さまざまな要素を思い切り削ぎ落とし、もうそれ以上行けないだろうというところまで来ている。そもそもダンボールをかぶってしまうという時点でもう、究極の失踪である。

ここまでになると、小説のプロットそのものまで失踪し、エピソードがパズルの断片みたいに錯綜して、バラバラになっている。それは抽象性ともいえるが、別の言い方をすれば、崩壊している感もある。この『箱男』とその次の『密会』の二作は、とんでもない迷宮小説なのである。とりわけ『密会』はその内容があまりに異様で、「ちょっと安部公房、どうしちゃったんだろう」と、私は読みながら彼の精神状態が心配になったくらいだ。

この二作が書かれた一九七〇年代は、書き下ろしの小説と並行して舞台の演出に傾注していた時代でもあったから、その影響も少なからずあるのかもしれない。舞台のほうも、戯曲をベースにしたセリフ劇から、しだいにより抽象的な『イメージの展覧会〈音＋映像＋言葉＋肉体＝イメージの詩〉』（七七年）のような表現にシフトしていったようだ。

『箱男』はノート形式で、この記録が箱男である「ぼく」によって、「頭からかぶると、すっぽり、ちょうど腰の辺まで届くダンボールの箱の中」で書かれたものだと初めに宣言される。そしてダンボール箱を加工するための材料や道具と手順、覗き窓などの作り方が、きわめて具体的に記述される。箱男は目立たない都市の片隅に何人もいて、一見ゴミと紛らわしいけれども、たとえ目撃しても、みな見て見ぬふりをする存在であるらしい。

Aという青年の場合、アパートの窓の下に住み着いた箱男を空気銃で撃退した後、たまたまダンボールの空き箱に入ってみた。すると病みつきになって、六日目には箱の中で顔に極彩色の化粧をし、一週間目にそのまま街に出て失踪し、箱男になったという。

元カメラマンの箱男である「ぼく」は海辺の町で、若い見習看護婦（元画学生でヌードモデル）である「彼女」と、空気銃で自分を狙撃した中年男の医者に出会う。町の病院でエロティックな光景を覗く描写や、「贋魚」になる夢、さらには「贋箱男」の登場と、記述はしだいに錯綜していく。その記録を書いている「ぼく」が途中で別人に代わっている可能性も示唆され、贋箱男は「ぼく」に、「ぼくのことを想像しながら書いている君を想像しながら、ぼくが書きつづけているのかもしれない」などと言うのだ。

作者自身が撮影した写真（安部公房は写真作品も数多く残している）の挿入。麻薬中毒の元軍医と、元衛生兵の贋医者。ピアノを弾く女教師と少年Dの「覗き」をめぐるエピソード。ダンボール箱をかぶった父親とその息子「ショパン」のユーモラスな逸話。そして詩。

終盤、「ぼく」と「彼女」が閉じこもった病院での官能的な恋愛が描かれるのだが、「彼女」は突然姿を消す。しかし玄関は釘付けされ、どこにも出口はない。ところが「彼女」

の部屋のドアを開けると、そこは「どこかの駅に隣合った、売店裏の路地」に変わっている。

じっさい箱というやつは、見掛けはまったく単純なただの直方体にすぎないが、いったん内側から眺めると、百の知恵の輪をつなぎ合せたような迷路なのだ。

前章でも触れたアメリカン・ニューシネマの傑作『真夜中のカーボーイ』（一九六九年）には、大都市の底辺でもがき苦しみながら生きる人間像が描かれているが、私の中では『燃えつきた地図』や『箱男』という、安部公房のこの時代の都市小説とシンクロするものがある。

この時代は、世界的にも都市の問題というものがテーマになりやすかったのだと思う。『燃えつきた地図』も『箱男』もすぐ翻訳され、海外でも読まれたが、戦後拍車のかかった経済成長とともに、都市に生きる人間の孤独や自我喪失の感覚は世界中の人々の関心事となり、これらの安部作品はまさにあの時代を象徴する小説だったという気がする。

『真夜中のカーボーイ』の中に印象的なシーンがある。主人公がニューヨークの雑踏の中を歩いていると、路上にうつ伏せに倒れているサラリーマン風の男がいる。しかし主人公以外、街の人たちは誰も気にもとめずに歩き去っていく。実はこれと似たエピソードが『箱男』にも出てくる。途中で挿入される新聞記事《行き倒れ　十万人の黙殺》は、新宿駅の西口地下通路で、四十歳くらいの浮浪者が柱に寄りかかって死んでいるのに、大勢の通行人の誰一人気づかなかったという話なのである。

それからもう一か所、箱男になる前の「ぼく」のこんなエピソードが出てくる。「ぼくのすぐ前を、ごく普通に歩いていた一見サラリーマン風の中年男が、急に膝の力を抜いて、腰を落したかと思うと、ごろりと横になって動かなくなってしまったんだ。子供を相手の、熊ちゃんごっこと言った感じだったな。通りかかった学生風の男が、倒れた中年男をからかうように覗き込んで、『死んでるじゃないか』と、気まずそうにぼくを見上げて薄笑いを浮べたっけ」。

また『燃えつきた地図』では、地下通路の柱の陰にしゃがみこんだ勤め人らしい中年男が、そのままじっと動かないでいるのを、主人公が喫茶店の窓から見ているシーンがある。通行人は誰も気にせず通り過ぎていく。もしかするとその男は死にかけているのではないか、と主人公は思うのだが、中年男はふと何事もなかったように立ち上がり、歩き去っていく。この場合は行き倒れではなかったけれど、中年男の行動とその内面には計り知れない謎が残り、雑踏する群衆の無関心と注視する主人公のギャップも意味深い。

そもそも箱男自体、路上にいるのにほとんど誰も気にとめない。いながらにして自分からいることを消した人間に対して、ほとんどの他人は執着しなくなる。うっかりそんな人間に気をとめてしまえば、後戻りできない迷路に入り込んでしまうからだ。

バラバラに共生する社会

本書プロローグでも触れた一九七二年の講演「小説を生む発想——『箱男』について」の中で、作家はこんなことを述べている。原理的に「デモクラシー」は市民の匿名性、つまり価値の平等で成り立つのだから、「極限のデモクラシーの原理というものは、人間が誰でもないと同時に誰ででもあり得る」。そして「民主主義の原理というものをとことん突き詰めてみると、意外と全員が箱男になってしまう」と語っている。

得体の知れない異端の者たちが、得体の知れない自由な生き方を許されて、互いに干渉しあわない。箱を被ってしまえば意識にとまらないわけだから、干渉の対象にもならない。それが普通になった社会が民主主義だということだろうか。だとしたら、箱男は民主主義の究極の表現方法だろう。

つまり、民主主義という社会構造に対する極端な問いかけが、箱男なのである。どこにも帰属せず、最終的には自分自身にしか帰属できない個人の自由が、箱男という存在の形だ。それはどんなふうに生きようと、何をしようと、社会にとやかく言われない生き方の一つの理想形かもしれない。名前を失くしてしまったり、顔を失くしてしまったりしてアイデンティティを失う一連の登場人物もそうだが、そうした孤独で自由な存在が世間と足並みをそろえて動くのではなく、考え方や行動が一律でなくても、価値観が違っていても、共生していける社会が民主主義社会だと安部公房は暗に言わんとしているのではないだろうか。

『箱男』となる新作執筆の初期段階では、「乞食とゲバラ」を題材にした小説だと作者は語っていた（「根なし草の文学」一九六九年）。それがどうして箱男というモチーフに収斂していったのか。

評論家・佐々木基一《きいち》との対談では、「はじめ、ラテンアメリカという思想と、キューバというもののジレンマ、そこに光をあてながら、同時に乞食と一節ずつ対応させていく構造を考えた。それを突きつめていったら多少矛盾が出てきたので、やめて、乞食以下の人間を考えた」と語っている（「私の文学観　演劇観」一九七二年）。

「乞食以下の人間」つまり箱男と、キューバ革命の英雄チェ・ゲバラとでは、ずいぶんとイメージがかけ離れているようでおかしいが、安部公房にとってはどちらも等価な存在らしい。

安部公房的にデモクラシーの原理を極限まで追求し、人間の自由を最大限に尊重して生きるということを突き詰めると、民主主義の限界まで行ってしまう。つまり民主主義自体が、そもそも今の人間のコンディションでは成立しえないものなのではないか、と考えざるを得なくなる。先の講演では、「人間がそれに本当に耐え得るのかどうか。今だいたいデモクラシーというと非常にやわな、なまくらなもののようにいわれていますが、それを極限までいくと、なかなかやわでない、非常に厳しいものだという感じがしてくる」と述べている。この言葉の中にも、人間に保障されるべき自由や解放に対する彼の懐疑的分析が垣間見えてくる。

テーマ自体もほとんど限界まで到達し、同時に小説の形としても限界に近いところまで行ったのが、『箱男』なのではないだろうか。

奇怪な悪夢の迷宮へ――『密会』

この次の『密会』になると、さらにわけがわからなくなってくる。行き止まりのさらに先の暗闇へと進もうとするように、『箱男』のラストで響く「救急車のサイレン」から再び物語は始まる。「ある夏の朝、誰も呼んだ覚えがないのに救急車がいきなり乗りつけて、男の妻を連れ去った」。

男は失踪した妻を探しに病院へ行くのだが、そこはまるで一つの都市のような不思議な空間構造を持つ巨大な病院で、またしても出口のない悪夢のような迷宮である。そこに現れるのは限りなく恐ろしい、グロテスクで狂った世界だ。

単行本函の著者のことば。

「地獄への旅行案内を書いてみた。べつに特殊な装備は必要としない。ただ入口だけは、まぎらわしいので、よく指示に従ってほしい。いったん中に入ってしまえば、あとは君が通いなれた道順にそっくりのはずである。地上では愛と殺意という二本の枝に別れていたものが、地獄では一つの球根に融けあっているとしても、驚くことはないだろう。いま以上に迷ったりする気遣いはないのだから」

やはり「地獄」なのだ。私にとってこれは、こんなに読み心地の悪い小説はあるかと思うくらい、やり場のない思いに駆られた作品である。読後の違和感がひどく、まるで船酔いしたような気分に陥った。

実は作家本人ものちに、「実を言うとこのインタビューに答えるために、八年ぶりに読み返してみたわけだが、われながらその不気味さにたじろいでしまったほどだ」と語っている(「『明日の新聞』を読む」一九八六年／『死に急ぐ鯨たち』所収)。

「もちろん愉快ではなかった、たまらなく怖かった。いちばん怖いイメージは、この《病院》の日々が全体としてカーニバルのようなもので、しかしただのカーニバルではなく、その生ゴムみたいな感触の天幕の外にもう一つ巨大な魔物のためのカーニバルが進行中で、（略）その徐々に群集の密度が濃密化していく感覚、僕のいちばん嫌いな感覚なんだ」。書いた本人もそう言っているくらいだから、私が船酔いするのも無理はない。

主人公の男は三十二歳、スポーツ用品の会社で「ジャンプ・シューズ（裏底に特殊な弾性体＝気泡バネを使用した運動靴）」の販売促進係長をしている。名前の代わりに「コード・ナンバー　M－73F」と記号化されたこの男を調査対象にして、彼自身が書いた報告書のノートという形式だ。だから記述は三人称の「男」と一人称の「ぼく」の間を行ったり来たりし、「書く」現在と書かれる物語の時空間も行き来する。

そこに登場するのは、作中でも「まるで廃品回収のトラックから逃げだしてきた虫食い人形一座の気違いパーティじゃないか」と書かれるように、奇怪きわまる人物ばかり。

「馬」と呼ばれる病院の副院長は、自分の腰に他人の下半身を馬のようにつなぎ合わせ、二つの男性器を持つ怪物になる。「良き医者は良き患者」をモットーとするこの医者は、〈人間関係神経症〉という病気にかかっているらしく、嘘発見器の権威である研究員の妻とは別居中。院長不在の病院の権力を一手に握っている独裁者だ。

その女秘書は、院内の情報を掌握し、トレパンに坊主頭の若い患者たちから成る暴力的な警備組織を統率している。「試験管ベビー」として生まれたために、人間的な感情や情緒が欠落しているが、主人公に性的な興味を抱き、ストーカーのようにつきまとう。
それから「溶骨症」という病気の入院患者で、骨が溶けてしだいに体が縮んでいく少女。この少女は警備主任の父親によって、絶えず発情するように仕込まれており、終盤にパテ状の襞《ひだ》だけの物質になってしまっても、「さわってよ……」と主人公に囁く。少女の母親はかつて「綿吹き病」にかかって死に、「ふとん」になってしまったらしい。
病院内には巨大な地下商店街があり、さらにその奥には隠された迷宮が広がっている。そこでは「オルガスム・コンクール」なる、いかがわしい競技大会が繰り広げられる。この異常きわまる世界の中で、主人公は溶けて縮んでいく少女に執着するのだが、そのメタファーは今にして見ると、二次元的な世界への逃避というか、バーチャル・リアリティに救いを求める感覚にも思える。『箱男』がまだホームレスという現実の存在に対応していたのに対し、この『密会』の世界は、よりSF的な仮想現実のようである。

「弱者への愛には、いつも殺意がこめられている――」

主人公が迷い込む病院は、読みようによってはまるでカルトな宗教団体のようにも読める。その内部に拉致された女が、指導者的な人物に性的奉仕をさせられるポルノ的なくだりは、まさに秘密の宗教儀式めいている。白衣の医者たちや坊主頭の若者たちが、揃いのトレパン姿で跋扈《ばっこ》している。またはシャーマンのような存在が司る組織と考えてもいい。人間の命と幸福を守るという誰もが否定できない趣旨は、病院も宗教も同じである。ここでは他人の生死を取り扱う病院が、集団の倫理を司る宗教と強烈に一体化しているようだ。

そして主人公はその集団内部で何が起きているのかを暴いていく。それによって社会に巣食ったがんのような病巣を切開し、分析するような小説なのである。作家の敏感なアンテナは、時代の暗い地下水脈の先にある恐ろしいものを透視していたのだろうか。

『砂の女』などにはまだ、社会の中で象られた人間を観察しながら、そこに諦観した優しさのようなものを感じることができたのだが、『密会』までくると、ひたすら怖い。安部公房の精神状態が心配になる。もはや狂気と紙一重のようで、希望が一切感じられない。

作中にも「踏みつけられた海綿のように、ねばねばした嫌な感じが毛穴からにじみだす。冷凍ミカンの表面についた氷の薄皮のように、希望がぱらぱらと剝げ落ちる」とあるように、生理的にも精神的にも不快な絶望感に満ちている。たぶんこの『密会』の虚無感が、最晩年の長編『カンガルー・ノート』(一九九一年)にもつながっていくのだろう。

『カンガルー・ノート』は、脛《すね》にかいわれ大根が生える奇病に冒された主人公が、自走する病院のベッドに乗って地獄めぐりをする話である。これも読んでいてやり場のない痛々しさを感じる小説だ。賽の河原で子鬼たちが歌う御詠歌《ごえいか》風の歌や、死んだ母親（安部公房の母ヨリミは一九九〇年七月、九十一歳で死去）、また若い頃「現在の会」などで交流のあった作家・島尾敏雄をモデルにしたと思しき《縞魚飛魚》なる作家の挿話まで出てきて、たぶん作者自身が大病で倒れて入院した直後に書いた作品だからだろう、それまでになく生々しい私的要素や、死に対する切実かつ弱々しい感覚が窺える。当時は私生活でもいろいろ大変だったようだし、さぞ精神的にも肉体的にも苦しかったのだろうという感じが、作品ににじみ出ている。

『密会』の病院は、盗聴による監視システムが張りめぐらされた、ディストピア的な一つの管理社会でもある。インタビュー「都市への回路」（一九七八年）では『密会』をめぐって、「民主主義的な社会と、独裁社会はかならずしも別のものじゃない。民主主義的なエネルギーの中に独裁を再生産するエネルギーが内包されてもいるんだ。その自己矛盾ということを深く考えてみないと、単に対立現象として〝独裁か民主主義か〟と言ったんじゃ、話が単純素朴になり過ぎる」と語っている。ここには初期の短編『闖入者』の頃から一貫した、「民主主義」への逆説的で透徹した視点がある。

そしてこの小説の冒頭には、「弱者への愛には、いつも殺意がこめられている――」というエピグラフが置かれているのだが、それについて同じインタビューの中でこう述べる。

「弱者を哀れみながらもそれを殺したいという願望、つまり弱者を排除したい、強者だけが残るということなんだね。（略）現実の社会関係の中では、必ず多数派が強者なんだ。（略）患者は本質的に弱者でしょう。にもかかわらず〝良き患者〟が強者だというパラドックス。（略）共同体に復帰したい、共同体の中に逆らわずに引き返して、決められた場所の穴の形に自分を合わせたい、という衝動と、強者願望とは、意外に似通っているんだね」

この辺りの記述を読んでいると、エリアス・カネッティの『群衆と権力』に記されていた言葉を思い出す。

「解放が起こっているあいだ、差別はかなぐり捨てられ、すべての人びとが平等だと感じる。人びとのあいだにほとんど隙間がなく、身体と身体が押しあうほどの緊密状態のなかで、めいめいの人間は自他の区別もつかぬほど他人と近くなる。そして、このことによって、軽減の巨大な感情が起こってくる。人間たちが群衆となるのは、誰もが他人より大きな存在でも優れた存在でもなくなるこの幸福な瞬間のためなのである。

しかし、これほど望ましい仕合わせな、解放の瞬間も、それ自身の危険を孕んでいる」

そして、別のセンテンスでは「生きのこる瞬間は権力の瞬間である。死を眺める恐怖は、死んだのは自分以外の誰かだという満足感に変る」と述べている（岩田行一訳、法政大学出版局）。

『密会』で描かれた病院という組織はまさに、カネッティの捉える群衆という力のメタファーとして読みとれる。「平均化され、体制の中に組み込まれやすい者がむしろ強者であって、はみ出し者は弱者とみなされる」。これは「他人との関係」というテーマを極限まで追求しようとした安部公房が到達した、一つの根源的な回答として捉えていいのかもしれない。

ちなみに『砂の女』をはじめ、この章で紹介した一連の代表作『他人の顔』『燃えつきた地図』『箱男』『密会』は、英米圏ではペンギン・クラシックスという定番のペーパーバック・シリーズに入っている。むろん英語に限らず各国語への翻訳によって広く海外で知られ、安部公房自身が望んでいたように、地域の特殊性を越えて普遍的な文学として読み継がれている。各国の読者もそれぞれが置かれた状況を作品に重ね合わせ、根幹にあるテーマを理解できるから、これだけ海外で読まれ評価されているのだろう。

けれどもその一方で、やっぱり私はこれらを、日本という特殊な国でしか生まれなかった文学だとも思っている。同調圧力が強く、陰湿で自己表現が下手な人たちの社会でなけ

ペンギン・クラシックスの安部公房作品。上段左より『他人の顔』『燃えつきた地図』『密会』『箱男』『砂の女』『方舟さくら丸』

れば、こうした作品は生まれないのではあるまいか。コロナ禍で私自身がしばらく日本に留まり続けているせいかもしれないが、改めてこの国や国民の特徴がわかればわかるほどそう思うようになった。安部公房文学は、日本人という、個人主義よりも協調性や調和に圧倒的に比重を置く国民の性質に着眼することによって、世界全体におけるデモクラシーの矛盾や「弱者」が生み出される構造を、俯瞰で考察し続けた記録でもあるのだ。

第六章

「国家」の壁

『方舟さくら丸』

「方舟」の乗船切符

一九六〇〜七〇年代の一連の「失踪」シリーズが一段落し、安部公房スタジオの演劇活動も休止した後、八〇年以降の彼は、五九年に新築して以来暮らした調布市若葉町の自宅を離れ、ひとり箱根の山荘を仕事場として引きこもるようになった。時折、愛用のジープで都会と往復しながら、新たな長編小説の執筆に専念することになる。

当初予告されていた新作のタイトルは『志願囚人』だった。泥棒たちを登場人物にする構想で、「いまわれわれが置かれている状況が、要するに外から拘束された囚人ではなくても、みずから志願した囚人にすぎないいんじゃないかという問題提起をしたかった」と、インタビュー「錨なき方舟の時代」（一九八四年／『死に急ぐ鯨たち』所収）で述べている。

ところが途中でテーマが変わり、作品のタイトルも『方舟さくら丸』と変更される。同じインタビューで作者は「宗教的な言葉を一切使いたくないけど、これはある意味で人間の原罪を問う小説になるだろうな。方舟はむろんノアの方舟のもじりだよ」と語る。

一九八四年、『方舟さくら丸』は新潮社の「純文学書下ろし特別作品」として刊行され、『密会』以来、実に七年ぶりとなる新作長編となった。執筆の途中から日本人作家としていち早く、当時最新の機器であるワードプロセッサーを導入したことも話題となった。

当時は米ソを中心とする東西両陣営の冷戦が激化していた時代である。軍拡競争がヒートアップし、どちらがより多くの核兵器を保有しているかがシビアに語られていた。差し迫った核戦争への不安や恐怖が世界を覆っていたのだ。

そんな中で発表されたこの小説は、「船」と呼ばれる核シェルターとその乗船切符をめぐる話である。その「船」には主人公が選んだごく一部の人間しか乗船が許されない。核戦争による世界の破滅から生き延びることができるのは、選ばれた人間だけ。逆にいえば、選ばれなかった人間は世界とともに死滅する——。そんな妄想を抱いた人物が主人公の物語だ。

たしかに、神に選ばれた人間であるノアの家族と動物たちのつがいだけを乗せて大洪水を生き延びた、旧約聖書の「ノアの方舟」に似ている。「ノアの方舟」は第二章でも見たように、初期の『壁』などに登場し、若い頃に作者が繰り返し描いたモチーフの一つだ。

私は安部公房の他の作品に劣らずこの小説が好きで、これまで繰り返し読んできた。なぜならこの小説の中にはあらゆる社会の形や、社会で生きる人間の生態を俯瞰で捉えた比喩や揶揄がいくつも見つかるからだ。まさに彼らしい「人間観察図鑑」の趣きが強い作品だと言える。

ちなみに、幼い頃から昆虫の観察が好きな私の宝物は、昆虫図鑑だった。安部公房は『砂の女』にもハンミョウなどの昆虫を登場させたが、この小説にも「ユープケッチャ」という変な名前の昆虫が登場する。それだけでなく、まるで昆虫の生態を詳細に観察した記録のように登場人物を描写していて、そこが好きだ。とりわけユーモラスで、笑えるのである。

主人公の語り手は「身長一メートル七十、体重九十八キロ」の肥満した青年。「《豚》もしくは《もぐら》がぼくの綽名である」と冒頭部分で自己紹介がなされる。

どうせ綽名で呼ばれるのなら、《豚》よりは《もぐら》のほうがいい。まだ可愛いげがあるし、事実にも即している。三年ほど前から洞穴暮しなのだ。洞穴と言っても《もぐら》式の円筒ではない。建築用石材の採石場跡で、切り口はすべて九十度で交わる直線で構成されている。室内競技場ほどもある大ホールから、試掘用の小部屋まで、すくなくも七十を越える石室が縦横に積み重なり、石段やトンネルで連結された、数千人の収容能力をもつ大地下街なのだ。（略）住民はぼく一人っきりである。他に適切な言い回しが見当らないかぎり、やはり《もぐら》がふさわしいだろう。

《もぐら》は月に一度だけ街に買い物に出かける他は、この採石場跡にひとり引きこもっている。坑道が多方向に延びて迷宮のように入り組み、全貌は捉えきれないほど巨大な閉鎖空間で、文字通り「壁」に囲まれて暮らしている。ただしそれは自らの意志で閉じこもった「壁」だ。当時はまだ「引きこもり」という言葉はなかった。もちろんインターネットやスマホもないし、「オタク」という言葉も今のように人口に膾炙《かいしゃ》してはいないから、このキャラクター造形は驚くほど時代を先取りしていた。この《もぐら》がもし現代に生きているとしたら、SNSに匿名でネガティブなコメントを書き込みまくるようなタイプになっていることだろう。

しかし《もぐら》は採石場跡を改造し、侵入者を撃退するためのさまざまな罠や、自家製の空調装置に発電機、食糧庫、自動小銃の改造モデルガンやボウガン（洋弓銃）などの武器庫まで備えた、一大秘密基地のような空間を作り上げた。並の引きこもりやオタクには不可能な、驚くべき大仕事である。

また、海の近くにあるこの採石場跡には、もともと備えつけられていたという巨大な「便器」がある。これは強力な水圧で何でも流せてしまうという異様なもので、しかも流れた先にどこに行くのかわからない。かつて《もぐら》が大量の食紅を流して実験したときにも、近くの海面には流出しなかった。このブラックホールみたいな不思議な便器の設定は、完全にSFといっていいだろう。

月に一度の外出の際、《もぐら》は採石場跡の出入り口の扉の合鍵と、表に「乗船券生きのびるための切符」と記され、裏にこの場所の地図が書かれたカードのセットを大事に持ち歩く。なぜなら、もし「乗船適格者」に出会えた場合、それを相手に渡すつもりだからだ。この採石場跡は、《もぐら》が「船」と呼ぶ核シェルターで、彼は自分の仲間となる乗組員を探そうと思っているのだ。

互いに干渉せずに生きる難しさ

その買い出しの日、駅前のデパートの屋上で行なわれていた珍品即売会で、彼は露店風の屋台に並べられた奇妙な昆虫標本に目を引かれる。「瓶の底なみの眼鏡をかけ、頭の鉢だけが目立つ」売り手の男によれば、それは「ユープケッチャ」という名で、時計のように回転しながら自分の糞だけを食べて生きているという肢のない小さな甲虫だった。「船底型にふくらんだ腹を支点に、長くて丈夫な触角をつかって体を左に回転させながら食べ、食べながら脱糞しつづける」。繁殖したバクテリアが排泄物を分解して養分を再生産してくれるので、それだけで生きられるという。そこには男女二人連れの先客がいて、昆虫屋の口上に聞き入っている。

たしかにユープケッチャには、実用以上に人をひきつけるものがあるようだ。完璧

にちかい閉鎖生態系が傷ついた心をなごませてくれるのかもしれない。（略）

それにしてもぼくによく似た虫がいたものだ。からかわれているような気がした。しかし昆虫屋がぼくを知っているはずはない。

「すねているんじゃないのかい、虫のくせして」

男の客が梅干しをしゃぶっているように舌を鳴らした。唾液が多すぎるのだ。連れの女が男を見上げ、こちらは氷砂糖をしゃぶっている感じ。口が渇きがちなのだろう。

「買おうよ、一匹。可愛いじゃない」

透明な唇の両端をくぼませた形のいい微笑。男が顎を突き出し、芝居がかった仕種で財布を取り出す。とっさにぼくも買うことに決めていた。


《もぐら》は購入したユープケッチャの標本に心奪われ、休憩所で「いずれユープケッチャを図案化して、グループの旗にしてもいいくらいだ」などと思いに耽る。そしてユープケッチャを買った先客の特に魅力的な女のほうには、乗組員候補の資格があるかもしれないとも考える。

そこへ先ほどの昆虫屋が休憩にやってくる。《もぐら》は昆虫屋から、男女の二人連れの先客は、実はデパートが雇った客寄せの「サクラ」だと明かされる。《もぐら》は思わず、売れ残りのユープケッチャを全部、乗船券と交換に譲ってほしいと申し出て、昆虫屋に乗船券を渡してしまう。「生きのびるための切符です。開けて見てください」「生きのびるって、何から」「危機からに決っているでしょう」「なんの危機」「危機に瀕しているとは思わないんですか、自然も、人間も、地球も、世界も」（略）「苦手だね、社会運動みたいなのは。万事成り行きまかせが性に合っているんだ」。

トイレに立った昆虫屋が戻るまで店番をまかされた《もぐら》は急に不安になり、「ぼくが船長であることを告げ、下船勧告には無条件に従うという誓約書に署名してもらえばいい。ぼくが発見し、設計し、建造した船である。乗組員が船長の方針に従うのは当然のことだ」と考える。そこへまたサクラの男と連れの女が、髪型も服装もがらりと変えた姿で現れた。突然激しい雨が降り出し、《もぐら》が空っぽの屋台に置いていた乗船券を、彼らは手品のような早業で持ち逃げしてしまう。《もぐら》は戻ってきた昆虫屋と一緒に、ジープに乗って採石場跡へと急いだ。乗船券の地図を見て、サクラと女が先に「船」へと向かったかもしれないからだ。

さて、《もぐら》が心惹かれるユープケッチャは、もちろん実在しない架空の昆虫だ。「餌で飼育するだけじゃなく、接着剤やピンセットでいもしない虫を飼育する手品師みたいのもいるらしいね」と昆虫屋がにおわせるように、人工的に創作された贋物の虫だろう。しかし《もぐら》はこの虫の実在を信じたいと思う。
《もぐら》にとってユープケッチャは、その場から動かず、帰属先も社会性も持たずに、たった一人で生きていける者の象徴だろう。人間はふつう他者との接触やつながりを持たなければ生きていけないが、《もぐら》にはそれができない。できないことに苦しみぬいてきた人なのだ。だからユープケッチャは憧れであり、シンボルとして旗に掲げたいとまで思うのである。

誰もがユープケッチャのように暮していれば、協調になんの不都合もないはずである。互いに縄張り拡張の衝動を持たなければ、縄張りを犯し合う気遣いもない。

ユープケッチャは他者を必要としない孤立の象徴のような虫だけれど、《もぐら》は共同生活をするべく乗組員を探さざるをえない。一つの船の中の乗組員であっても、互いに干渉し合わずに個々が独立した生き方をする。まるで『箱男』で唱えられていた理想的社会のあり方だ。しかし、現実はそうはいかない。
ユープケッチャ的な、干渉し合わない社会はある意味で理想的だ。夫婦関係も互いに干渉せず、それぞれのことをしながら一緒にいるというのが長続きの秘訣だという。しかし人間はどんなに自立した意識を持っていようと、集まればそこに何がしかの軋轢が生まれ、関係が破綻することもある。ハチのように嗅覚などの感覚で群れているわけではないので、考え方が相違する者たちと一緒に群れを構成し続けていくためには、果てしない寛大さが求められるわけだ。宇宙飛行士になるのだって、問われるのは長期間狭い空間に閉じ込められた状態で、周りと軋轢を発生させることのない穏やかで寛大な人間性であり、ここをクリアするのはなかなかの難関らしい。人間は箱男にもユープケッチャにもそう簡単になることはできない。

俯瞰とディテール

《もぐら》の趣味は、「便器にしゃがんで、旅をする」こと。何のことかと思いきや、精密な航空写真を専用眼鏡で立体視することで、「空中遊泳術」のように空からいろいろな場所に自在に行けるというのである。小説には実際に「立体写真の見方」というページが挿入され、航空写真の図版まで載っている。今ならさしずめ衛星写真を使ったグーグル・アースやストリートビューの感覚だろう。「他人の目を一切気遣うことなく、町じゅうを軒なみ覗いてまわるのだ」とあるように、これは安部公房が好んだ「透明人間」や「覗き」、また空中浮揚する「飛ぶ男」のモチーフともつながる。

ここでは俯瞰の視点に注目しよう。それは人間の生態観察にも通じる。安部公房の優れたところは、社会が流れ動いていく中で、その視点を一気に俯瞰の視点に置き換えることができることだ。それはときに宇宙人の目線にまでなる。私は「昆虫を観察するような眼で人間を観察する」姿勢を安部公房から学んだ。作品の登場人物に固有名詞はほとんど付されず、あっても記号やふざけた名前だったりする。悲惨や不条理、あるいは自分自身のことであっても、自分の情動を抑え、ときにユーモアを交えて他人事のように突き放して観察し、表現していく。これは表現に携わる者にとって大事なことだと私は思っている。

私が最初にこの小説を読んだのは、冷戦が終わりにさしかかり、世界が大きく変わろうとしているときだった。やがてソ連が崩壊し、資本主義の側に人々が雪崩を打って向かっていく。その恐ろしく巨大なうねりの中で、俯瞰でものを見る見方を指南してくれたのがこの小説と、同時期の評論集『死に急ぐ鯨たち』(一九八六年)だった。

安部公房のそうした視点は、ときに鋭いアフォリズムの形に結晶する。『砂の女』のエピグラフ「罰がなければ、逃げるたのしみもない」とか、前章で見た『密会』の「弱者への愛には、いつも殺意がこめられている」とか、『箱男』に出てくる「見ることには愛があるが、見られることには憎悪がある」といった、寸鉄人を刺す言葉である。『方舟さくら丸』にも随所にちりばめられていて、「夫婦のような他人よりも、他人のような夫婦のほうが多いのも現実だ」「世間に希望を持ちすぎるのは罪悪なのかもしれない」「失意の水っぽさのほうが、履きなれた靴のようになじみがいい」などなど、どれも秀逸な表現で、私も無意識にこれらの言葉を引用していることがある。

それと同時にクローズアップのディテールも重要で、この小説でいえばユープケッチャや便器といった小道具や装置、採石場跡の空間の描写もそうだ。それらは同時にメタファーとしても機能する。それから人間の細かい仕種や癖。自分の頭を掻いた後にその手のにおいを嗅ぐとか、自分のにおいのついた枕でないと眠れないとか。また『砂の女』の自分の刈られた毛屑をくわえる犬とか、短編『ユープケッチャ』プロローグ）の、水道の蛇口から飴色に光るゴキブリが出てきた場面とか、ディテールがいちいちツボにはまるのだ。そうした細部への観察力が凄い。

そしてユニークな比喩表現。どのページを開いても、「尻の穴に氷をあてがわれたようにうろたえる」とか「短いスカートの下に、融けたガラスを一気に引き伸ばしたような脚」とか「誰の目にも穴だらけの金網を、巨大な超合金の殻のつもりでかぶっているカタツムリ」とか、安部公房の長いものに巻かれない視点ならではの、独特かつ説得力のある比喩が頻出する。

国家のミニチュア

《もぐら》は「船」を少しでも自分の理想に近づけようと、乗組員を選別する。要するに選ばれた人しか船には乗れないことになる。これは「選民思想」につながるテーマだ。選民思想とは、ユダヤ教の教義からヒトラーのアーリア人種優越主義にまで至る、自分たちの民族こそが特別に選ばれた存在だと信じる思想である。そこまで極端ではないにせよ、それはナショナリズムを形づくるための大きな要素だ。世界全体が危機に陥っても「自国だけは頑張って生き残ろう」という姿勢であり、世界全体を救うつもりなどない。

「あんた、まるで……なんと言うか、一種の帝王というか、独裁者みたいなものじゃないか」と言う昆虫屋に、《もぐら》は「でも、独裁は好きじゃないな」と答える。しかし選んだ人間としか共存したくないという《もぐら》の考えは、彼自身の意図にかかわらず「国家」が内包する思想と同じだ。自分の国を作り、そこで自分が規定した法に従う者だけを選んで共存しようとすることは、言い換えれば「排除」によって成り立つ。

《もぐら》にはいじめられてきた過去がある。いじめられた子供は、往々にして誰かをいじめ返すことがある。いじめられてきた人がふとしたときに見せる「いじめる立場発動スイッチ」にはしばしば驚かされるが、たぶん《もぐら》にもそれがあって、自分をひどい目に遭わせた奴らはみんな核爆弾で死んでしまえと思っている。

それから自分を虐待した父親への復讐という面も大きいだろう。十二歳のとき、《もぐら》は身に覚えのない強姦の嫌疑をかけられ、父親からこの採石場跡に鎖でつながれて監禁されたことがあるのだ。《もぐら》の父親は通称・猪突（イノトッ）と呼ばれる、身長一メートル九十以上、体重百キロ近い巨漢。派手な緑色のハンチングをかぶり、何度も市会議員に立候補しては落選している自己顕示欲の強い人物で、なおかつアルコール依存症の乱暴者。しかも強烈な体臭を放っている。過去には昼寝中の妻（《もぐら》の義理の母親）を踏み殺してしまったらしい。《もぐら》の実の母親はタバコ屋の女性で、猪突に強姦されて《もぐら》を産んだようだ。

《もぐら》のような人物はとりわけ承認欲求が強く、自分を否定するものを排除すれば自分の世界が成り立つと考えがちだ。実はそれは古代から国家が行なってきたことと同じである。究極的には世界征服の思想につながり、核爆弾は脅威を示すことで群れを服従させる最終手段だ。だからこの物語は、小さな世界で世界征服を実践しようとする人間の話とも読める。

はじめ《もぐら》はそこまで考えてはいないのだが、昆虫屋や、サクラと女という予想外の他者が自分の縄張りに入り込んでくることで、結果的に独裁者になってしまう。安部公房は前章で引用した『密会』についてのインタビュー（「都市への回路」）で、「民主主義的なエネルギーの中に独裁を再生産するエネルギーが内包されてもいるんだ」と述べていたが、ここでも《もぐら》を通して、民主主義が独裁を生んでしまう自己矛盾が描き出されている。《もぐら》はユープケッチャのようにどこにも帰属したくないと思っていたのに、組織を自分で作らざるを得なくなり、最初は民主的なものをイメージしていたにもかかわらず、それに失敗して独裁政権のようになっていく。まるで国家の成り立ちのミニチュア版を見ているかのようだ。人間の集団から国家というものがどのようにしてできるのか。『方舟さくら丸』は、土を入れたガラスケースでアリを飼い、その巣穴の断面を観察するように、方向性の違う人間たちを集めて共同生活させてみるとどうなるのかを観察するような物語なのである。

こうした物語の展開には、古代から今まさにこの時代に至るまでの、社会という性質の圧倒的な普遍性を感じさせられるし、戦後の混乱期から現代を見つめ続けてきた安部公房のぶれない視点には、その辺のジャーナリストの言葉よりも何倍も深く頷かされる。

実存と「ゴミ」

駆け足で物語を追いかけよう。

《もぐら》と昆虫屋が採石場跡に到着したときには、案の定、サクラと女が先着していた。そこから「船」での四人の共同生活が始まる。《もぐら》は「船長」つまりリーダーとして振る舞おうとするが、まったく思い通りに事が運ばない。

《もぐら》は「船」の中で終始、サクラの女を意識して見つめ、彼女と肉体的に接触することに執着する。その様子は情けないやらおかしいやら。「尻叩きの儀式」という場面では、経験豊富な昆虫屋がさりげなくポンと女の尻を叩くのに対して、《もぐら》は「肉に滲み込む重い感触」「接触時間がすくなくも五倍」などと鼻息を荒くする。

それまで女性に触れたこともなさそうな人だから気持ちはわかるが、「おまえ、ほんとに終わってるよ」と突っ込みたくなる場面だ。こういう描写はオタクの心理がよくわかる人にしか描けないと思うし、安部公房という作者自身にも大いにオタクの資質があることは疑いない。

いきなり始まった共同生活の中で、裏切りへの不安や不信、女への欲望の疼《うず》きと彼女をめぐる競争心に、悶々とする《もぐら》。そんなところへ、侵入者の影が現れる。

まずは［ほうき隊］という老人グループ。これは平均年齢七十五歳の清掃奉仕隊である。戦闘服に似た制服に竹箒《たけぼうき》を交差させたバッジをつけ、深夜から未明にかけて路上で横一列になり、物哀しい昔の軍歌を口ずさみながら、街じゅうを箒で掃いて回る。彼らは表向き老人の社会奉仕団体だが、裏では産業廃棄物の不法投棄に手を染めていた。しかも《もぐら》がそれに関わり、千石という名の仲介者を通して「ほうき隊」から処理代金を受け取り、有毒の六価クロム廃液を「便器」に流していたのだ。

千石は「スィート・ポテト」が自慢の駄菓子屋の息子で、《もぐら》と二人で「特棄社」を設立し、「便器」を使って、最初は産婦人科の医者から堕胎児の死体処理を引き受けることから事業を開始していた。肥満して口下手な《もぐら》と、痩せて饒舌な千石のコンビは、いかにもつるんだオタクっぽくて、ダメそうな感じがよく出ている。

さらにもう一組の侵入者は「ルート猪鍋」という地元の不良少年グループ。老人たちと対照的に若い十代後半のこのグループは、秘かに採石場の坑道跡を根城にしていた。少年たちは、《もぐら》の目が届かないところで「ほうき隊」と抗争を繰り広げていたのである。

実は「ほうき隊」のリーダーは、《もぐら》の忌み嫌う父親、猪突だった。猪突は街の浄化だけでなく、「精神の浄化」や「人間の掃除」も目標にしていると語る。

一方で「ほうき隊」の老人たちは自分たちが「棄民」であると自覚していた。社会から疎外された棄民の代表として、《代表棄民王国》の建設を夢見ている。しかも、迷宮のような地下坑道で行方不明になった女子中学生の一団を捜索し、家出少女たちをいまだに旺盛な性欲の餌食にしようと「女子中学生狩り」を目論んでいる。

軍隊のような組織と選別の思想、さらにはおぞましい欲望を持つ「ほうき隊」の老人たちに、《もぐら》は嫌悪を感じながらも、ふと気づいてしまうのだ。

しかし考えてみると、無意識のうちにぼくが取ってきた行動と、瓜二つなのだ。［生きのびるための切符］を売りしぶっていた、あの消極性との類似を指摘されると、反論の余地がない。昆虫屋からも、サクラからも、ぼくは繰り返し排他性を指摘されてきた。そのとおりなのだ。（略）すくなくも［ほうき隊］を非難する根拠は失われてしまった。その前に自分を非難し、ひねりつぶしてしまいたい。

老人グループ［ほうき隊］は、それまで暗示されていただけのナショナリズムのテーマを具体的に形象化している。これは寓話や空想というより、現代日本のリアリズム的な形象で、高齢者の数が増え続ければこのような群集心理が発生しても不思議ではない。しかもそれが、生々しい組織的なナショナリズムとして発動する。

自分たちの考え方や方針に揺るぎない正当性と倫理を見出しているこうした正義集団は、無敵である。アリの軍隊のように統率力のある者に従いながら、面従腹背、女の子のことを「雌餓鬼」と呼ぶなど、人権も何もクソ喰らえと捉えんばかりの本能が剝き出しになっているところが恐ろしい。さらに、社会から「棄民」とされたことへの恨みと、棄民が廃棄物を不法処理するというグロテスクな哀しみをも携えている。

その処理に使用されている「便器」は重要なメタファーだ。猫の死骸や堕胎児、有毒廃液などがどこへ流れていくのか、誰も知らないのだ。これはもちろん環境汚染の問題とも関わる。国家や社会はこの「便器」に象徴されるようなものを必ずどこかに持っているのではないだろうか。何でも流してしまうけれど、その後どうなるかは考えないし、誰も責任をとらない。真実を知って現実と向き合うことを恐れ、避けている。そのほうがお金になる。

便器の形状が持つ、造形的でSF的な面白さもある。安部公房には廃棄物やゴミに執着し、強く惹かれる面があって、スクラップやゴミ捨て場の写真もたくさん撮っている。「廃棄物の尊厳」「廃棄物に対するシンパシイ」（『都市への回路』）とも語っている。この小説でも、「船」の入口はスクラップの自動車や廃品やゴミの山でカモフラージュされているし、駄菓子屋の息子の千石は「マンホール理論」と称するゴミ哲学を滔々《とうとう》と語る。

ゴミとは実存の象徴である。その実存をどんどん捨てていくことで、見たいもの、知りたいことしか残さない、表層的で根拠のないものの中に浮かんでいるのが、「便器」であり「船」ということになる。

なぜ方舟は「さくら丸」なのか

終盤、思わぬ事態が《もぐら》に訪れる。女との会話に夢中になるあまり、便器の縁に乗って上方の棚から立体地図と立体眼鏡を取って見せようとしたとき、足を滑らせて片足が便器の穴に嵌まってしまう。しかも同時に排水レバーを押してしまったために、物凄い陰圧で吸い込まれた足が抜けなくなってしまうのだ。

そこから物語は急展開。シートにくるまれて運ばれてくるのは猪突の死体。正当防衛で彼を射殺したらしい昆虫屋が、なぜか「ほうき隊」の指揮を執る存在になる。「船」には老人たちや不良少年たちなどいろんな人物が入り乱れ、混沌としてくる。

この小説の中で、漫画にしたら描き応えがありそうだなと思う人物が、この得体のしれない昆虫屋だ。宅配便の運転手や自衛隊員だった過去があり、露天商の香具師《やし》で昆虫にも詳しい。この情報だけでもこの人物の多元性と柔軟な臨機応変性が見えてくるし、社会に対してはすに構えている姿勢も頼もしい。そして何より彼はユープケッチャという夢想昆虫の作者なのである。

そんな昆虫屋が、どうして「ほうき隊」の権力を掌握することになったのか。『死に急ぐ鯨たち』所収の講演「シャーマンは祖国を歌う」で、安部公房は、東北で起きたホテル火災のときに、客の一人が忘れ物を取りに二階に駆け戻ったことで集団が避難行動を中止し、ほぼ全員が焼死してしまった例を挙げ、非常時に例外行動をとる者がその瞬間、群れのボスになるという群集心理に触れている。虚勢を張ってサソリのふりができる突飛なアリが、瞬時に群れのボスになってしまう。たとえば猪突は体臭が強烈な人物として描かれるが、清潔で潔白な人物よりもむしろ有毒な人物に高いリーダー性があり、その毒素と横柄さを武器に集団を従えてきたリーダーは実際たくさんいる。昆虫屋はその群集心理を巧みに利用したのだろう。

便器に嵌まって動けないまま、足の激痛と周囲の混乱した状況に耐えかねた《もぐら》は、「船」の周囲に仕掛けてあった爆薬に点火するリモコンのスイッチを押す。みながついに核戦争がほんとうに始まったと思い込み、右往左往する間に、爆発の影響で地下水脈の流れが変わり、便器の穴からようやく抜け出せた《もぐら》。彼は完全に外界から封鎖され、浸水の始まった「船」を捨て、秘密の抜け穴から外へ脱出することを選ぶ。そのとき女とサクラの二人にだけはこっそり核爆発が嘘だと告げ、三人で一緒に逃げようと説得する。

「外の世界は今までどおりなんだぜ。核戦争なんて出まかせの嘘っ八なんだ。嘘を承知でこんな所にいられるわけがないじゃないか」

「でも、本当だと思えば、本当みたいな気もしてくるよ。あんたも言っていただろう、いずれは本当になるんだって。核戦争ってやつは、始まる前から、始まっているんだって……」(略)
「行こうよ、冗談を言い合っている暇はないんだ」
「いや……やはり遠慮しておこう。何処でどう生きようと、たいして代り映えはしないよ。それに本来、嘘を承知ではしゃいで見せるのがサクラだろ」

サクラという人物は、どこか飄々として掴みどころがないキャラクターである。この会話の少し前、《もぐら》が核爆発の嘘を告白したとき、サクラがさほど驚かずに「まあ、世間じゃよくあることだけど」とサラリと受け流すくだりがある。商売柄、嘘には馴れているのだろうが、どこか社会や人間を諦観している感じがある。爽やかで大好きなシーンだ。

サクラは元ヤクザで、返済不能なほど多額の借金があり、しかも女によれば余命半年のがん患者らしい。でも実はこの中で最も物事を俯瞰で見られる、まともな人間なのかもしれないと思わせる。「だいたい人間を屑と屑でないのに分けるのが気にくわんね。ちゃんと進化論で勉強したのさ」とうそぶくのだが、それはダーウィンの進化論を「漫画にしたやつ」で読んで人生観が変わり、ヤクザなんて「縄張り争いだけの人生さ」と気づいたからだという。楽しそうにはしゃいだかと思うと、次の瞬間には急に冷めたり、いきなりまともなことを言ったりする。嘘を承知で演じている存在として、複雑なレイヤーを持った、この小説の鍵ともいえる人物なのである。

《もぐら》が「もしぼくに何かあったら、次の船長は君がいちばんの適任かな」と言ったとき、サクラの答えは「おれが船長になったら、この船、［さくら丸］だぜ。笑っちゃうよ。羅針盤もなけりゃ、海図もなしだ。走る気もないのに、走ったふりをしてみせるだけの船になっちゃうぜ」。ここで作中に唯一「さくら丸」という言葉が登場する。つまりサクラこそがこの小説のタイトルロールだと気づかされるのだ。

サクラにはもちろん客寄せのサクラの意味と、桜の花という日本国家の美の象徴とが重ねられている。客寄せにたかる集団が長いものに巻かれていくイメージと同じく、桜の花は美意識の統一化という同調圧力そのものであり、まさにナショナリズムの象徴である。

『死に急ぐ鯨たち』所収のエッセイ「サクラは異端審問官の紋章」（一九八一年）で安部公房は、「ぼくは桜の花が嫌いだ」と書く。それは日本人にとって、ナショナリズムを煽る「情念の誘発装置」だからだという。桜の花は満洲で育った安部公房にとって偽りの祖国の象徴であり、愛国心と結合した情念は彼の最も嫌うところだった。

「壁」の外に出ることが生き延びることか

ナショナリズムと結合した「情念の誘発装置」は桜の花だけではない。同書所収のインタビューのいくつかで、オリンピックのような国家単位のスポーツ競技もまた同じだと安部公房は述べる。「桜の花が嫌いな人はいないよね」という同調圧力と同様に「スポーツで自分の国を応援しない人は誰もいないよね」という価値観の強制は実際に誰でも経験するのではないだろうか。だからスポーツが苦手な《もぐら》は、豚のマークの旗を掲げた「オリンピック阻止同盟」のデモ隊が、「筋肉礼賛反対！」「国旗掲揚反対！」と叫びながら、オリンピックの競技会場に乱入して大混乱に陥れ、スタジアムが巨大便器の形になって飛び立つ夢を見る。

また作中、猪突が無線で語る、中学校の運動会でのサバイバル・ゲームのエピソードも印象的だ。それは三つに色分けされた陣地を選び、三色に塗り分けたサイコロを振って、出た色と選んだ陣地の色が合えば生き残ることができるというゲームで、生徒や教師、保護者や招待者をふくむ参加者は陣地選びを繰り返し、豪華賞品を賭けて生き残りを競う。ところがそれが雨の中でいつまでも終わらず、最後には業を煮やした音響係が自動小銃の一斉射撃の音を流し、ゲームの参加者たちは泥の中に倒れて、その中にいた病人がほんとうに死んでしまう。子供の頃から運動会というイベントにどこか不穏なものを感じ続けてきた私には、この違和感がよくわかる。

この物語の結末では、サクラばかりか女までもがけっきょく「船」に残り、《もぐら》はただ一人、市役所の地下へと通じるロッカーの抜け穴から「船」を脱出することになる。小説には描かれないが、その後「船」に残ったサクラは《もぐら》の代わりに船長になり、「船」はやはり「さくら丸」になったのだろうか……。

脱出した《もぐら》は、鏡のような市役所の黒いガラス窓にカメラを向け、そこに映る自分の姿を入れて早朝の街を撮影しようとする。

それにしても透明すぎた。日差しだけではなく、人間までが透けて見える。透けた人間の向こうは、やはり透明な街だ。ぼくもあんなふうに透明なのだろうか。顔のまえに手をひろげてみた。手を透して街が見えた。振り返って見ても、やはり街は透き通っていた。街ぜんたいが生き生きと死んでいた。誰が生きのびられるのか、誰が生きのびるのか、ぼくはもう考えるのを止《や》めることにした。

生き延びるための「船」というミニチュア国家の「壁」から外に出てしまう。自分を守ってくれるはずの境界線の外側に出てしまう。はたしてそれは生き延びることなのか。

そこは何もかもが、自分自身でさえも透明な世界だ。鏡にも映らないし、他者の目にも映らない。それは誰も自分を承認してくれないということだ。もはや自分がいるのかいないのかもわからない。もはや自分という存在に執着する必要もないところに来てしまった。私自身も身に覚えがあるが、自分が日本人なのにどこにも帰属する場所がなく、クラゲみたいに漂う状態になったとき、まるで透明人間になったかのように感じた。

人間は群れの中で、生まれてきた不安に対して、自分の存在を承認されることで名前を与えられ、役割を与えられ、マイナンバーを与えられ、他者から存在を肯定されることで安堵を得られる生き物だ。逆に言えば「壁」の外に出ることは、自由になることであると同時に、無慈悲で非情な現実と向き合って生きていかねばならなくなることだ。誰も自分を映し出してくれない世界では、凶暴な孤独感にも苛まれるだろう。

けれどもナショナリズムなどの集団的昂揚感に身を委ねてしまうと、それはとても危険だ。そこでは価値観の共有が強制されるために、自分が船の舵を取ることはできず、また舵を取れるような知性も能力もむしろ推奨されないから、まかり間違うと太平洋戦争のように集団で滅亡へと突き進むようなことになりかねない。安部公房が指し示す「盲人に連れられて行く盲人の群れを描いたブリューゲルの絵」(「死に急ぐ鯨たち」一九八四年/『死に急ぐ鯨たち』所収）のように。

だから、そういうことのないように、それぞれが自分自身で舵を取れる知性の力と想像力を備えようとする。たとえ群れの中で生きていても、流されずにたちどまって、俯瞰で人間の生きざまを観察する能力を持つことができるように、自立した精神性を鍛えること。社会が大きな不安と混乱に陥っている今のような時代にこそ、作家が鳴らした警鐘に耳を傾けるべきではないだろうか。

晩年の作家——原始的情動の発露

安部公房は『方舟さくら丸』の後、超能力をテーマに『スプーン曲げの少年』という仮題で新作長編を書き始めた。しかし執筆は難航し、タイトルも『スプーンを曲げる少年』を経て『飛ぶ男』へと変化していったが、一九九〇年の入院で中断する。

退院直後に心機一転して書いた『カンガルー・ノート』（九一年）は、珍しく雑誌連載の連作で、七か月という異例の早さで完結。前章でも触れたように、死の予感や私的要素がそれまでになくウェットに反映された、生々しい作品だった。その後、長編『飛ぶ男』に再び取りかかるも、未完となる。「透明人間」と「飛ぶ男」という偏愛のモチーフが出てくる短編『さまざまな父』執筆直後、九二年十二月に再び倒れ、入院。退院四日後の九三年一月二十日に救急搬送、二十二日、六十八歳で死去。同年九月、まるで後を追うようにして真知夫人も死去した。

晩年の作家は創作と並行して、言語学者チョムスキーの生成文法理論、ローレンツの動物行動学、また分子生物学などの研究に熱中した。そして「クレオール」と呼ばれる旧植民地の創成言語に、親世代の伝統から切れて自立した、子供たちによる新しい文化創造の可能性を見いだしていた。それを《親なし文化》の精髄である「アメリカ論」として書き、「コカ・コーラやジーンズなどで代表される、反伝統の生命力と魅力をもう一度見直してみたい」(談話「われながら変な小説」一九九一年)と語っていたが、実現はしなかった。

一方、私生活における素顔は、実はとてもセンチメンタルで繊細で、シャイで傷つきやすく、また人を傷つけることを恐れ、関係の板挟みの中で葛藤し続けていたように思える。そこが安部公房という作家の人間らしさであり、作品の味わいを醸し出すエキス(出汁)になっているだろう。情緒過多に溺れる危険性を人一倍敏感に感知して警戒し、オリンピックなどの国威発揚儀式にもきわめて批判的でありつつ、同時にオリンピックで日本の柔道選手が金メダルを獲ると、テレビの前でわれ知らずもらい泣きしてしまうような面を持ち合わせていた。だからこそ、科学的な論理の甲冑を身にまとうことが必要だったのだろう。

それは情緒というより、人間の原始的情動みたいなものではないだろうか。思えばS・カルマ氏も、胸の空洞に吸い込んだ曠野の風景に初めて立ちつくしたとき、いつのまにか涙の雫をこぼしていた。私も親族が亡くなってもあまり泣くことができず、客観的に考えてしまうような人間だが、なぜか夕焼けを見ているとそれだけで涙が出てきたりする。また猫を撫《な》でたり昆虫の土を取り替えているときにふと、動物が虚勢も張らず、自分の命に尊厳を持って生きている姿に感動して、泣けてくることもある。

安部公房は一般的には無機的でドライで理系の文学者と捉えられがちだが、市原悦子さんも「あんなに温かい人はそういない」とおっしゃっていたように、私も彼の文面にはどこか人間への寛大な思いやりを感じる。外側をどんな甲冑で防御していようと、親切で優しく、そして常に悲しさや寂しさを抱えているような繊細な人じゃないと、あのような文学は書けないと思う。

SF『第四間氷期』（一九五九年）のラストで、今でいうAI（人工知能）のようなコンピューターの予言機械が、主人公に聞かせる未来のエピソードがある。海中に水没した世界に生きる水棲人間のひとりの少年が、ふとしたことから過去の地上人の生活に憧れを抱き、昔「東京」と呼ばれた海底遺跡を探検する。そして地上人がかつて聴いたという「風の音楽」をどうしても聴きたくて、わずかに小さく残った海上の陸地に這い上がる。するとその瞬間、少年は重力で地面に屈してしまう。

しかし、待望の風は吹いていた。とりわけ風が眼を洗い、それにこたえるように、何かが内側からにじみだしてくる。彼は満足した。どうやら、それが涙であり、地上病だったらしいと気づいたが……もう動く気はしなかった。

そして間もなく、息絶えた。

水中ではもう必要がなくなった涙腺の痕跡が残っていて、少年は涙を流しながら空気に溺れて死んでいく。作者はのちにこの少年について「ぼくにとって否定的存在なのか、肯定的存在なのか、最後まで決めかねて非常に困らされた。実は今になっても心が揺れ動いているんだ」と語る（「錨なき方舟の時代」一九八四年／『死に急ぐ鯨たち』所収）。そうした心のゆらぎも含めて、ここには安部公房文学における原始的情動の、痛切で美しい発露があると思う。

エッセイ「死に急ぐ鯨たち」でも、高度な知能を持つはずの鯨が、なぜか陸地に乗り上げ、空気に溺れて集団自殺する現象に着目している。それは『第四間氷期』のラストに通じるとともに、『けものたちは故郷をめざす』の、久三がまだ見ぬ故郷をめざす船の中に閉じ込められ、血みどろのけものとなって吠えるラストにもつながっている。

絶望も希望も虚妄

安部公房の文学は戦後日本の混沌とした状況の中で生まれ、やがて高度経済成長やバブル景気を俯瞰で見ながら、時代の流れの中で決して長いものに巻かれることなく牙を剝き、まるでドン・キホーテのように果敢に挑み続けた。周りからいやがられ、煙たがられても、常に予定調和的なものに疑念を差し挟み、それを貫いていくのは大変なことだったと思う。精神的にも何度も破綻しかけただろうが、そんな思いをしてきたからこそ唯一無二の文学世界を生み出した。戦争という不条理を経て、胸のうちに溜まった怨嗟や懐疑のエネルギーを放出させる手段として、表現を選んだあの世代の作家たちには、現代のように読者に媚びる甘えも妥協もない。安部公房の作品もまた、インテリジェンスや想像力のみならず、繊細で鋭敏な原始的情動を携えた、気丈な反骨精神からしか生まれてこないものだ。

たとえば初期のSF短編『R62号の発明』（一九五三年）では、戦後、アメリカの技術出資により失業した自殺志願者の機械技師が、自殺する代わりにロボットに改造される。『飢餓同盟』の人間メーター織木を思い出す。

皮肉なことにアメリカの科学技術によってロボットになった「R62号君」は、新式工作機械を発明する。その機械は「コストの安い」人間を合理的に活用するものだという。お披露目に社長自身が操作することになるのだが、始動したのは、高速で点灯するいくつものボタンを素早く押さないと、手の指が刃物で切断されるという残酷な機械だった。やがて血しぶきとともに社長の指は一本ずつ飛んでいく。

その描写は淡々として恐ろしい。一見、社会的弱者とされたR62号君が復讐を遂げる話のように読めるけれども、考えてみれば彼はすでに感情のない死体で、社長が望む機械を作っただけだ。社長の自業自得である。それはまるでAI兵器の予兆のようでもあり、人間という狂った生き物が作り出す機械が、狂っていないわけがないと思い知らされる。

人間とは我々が思い込もうとしているよりも、ずっと愚かで情けない生き物であるという認識は、一連の安部公房文学を読んでいれば身につくだろう。けれども自分の存在を肯定できなくなるとその対処に困るから、自覚したくないような人は途中で読むのをやめるだろう。人間至上主義でいることは便利だが、自らの生態の認識を怠ると、自分の扱いも厄介で面倒なものになるだけだ。こんなふうじゃないはずだ、こうでありたい。そういう自分に課した願望と理想で膨れ上がり、それが成就できないと生きている意味もないなどと短絡的な結論を下す。今は教育自体が脆弱化し、子供たちに失敗してはいけない、悩んではいけない、自分に葛藤してはいけないと、なるべく自己否定的な意識に触れないように育てるから、勘違いした人間による勘違い社会ができあがっていく。子供を教育水準の高い学校に入れさえすれば社会で保証される人間が作られるという考え方は、「R62号」の大量生産を想起させる。

安部公房の文学は、決して読んでいて爽快感が得られるような文学ではない。さまざまな問題提起を向けられ、読んだあとは数日間もずっと考え込んでしまう。見たいものしか見たくない、知りたいことしか知りたくない、暗い気持ちにさせられることからは目を背けたい、という思いはどの時代のどの人間にもあるが、とは言っても社会の実態は世知辛い。社会が不条理との共生だということを、どこかで思い知らされてきたはずだ。ところが今の時代は、簡単に自分たちが望む世界しか知らずにやり過ごせるようになってきた。

保守的な社会はいつも異端を告発し、予定調和を崩すような人間を寄ってたかって潰しにかかる。しかも今はインターネットのSNSによって、誰かとバーチャルなつながりを求めながら、情報も誰かに管理され、視野が狭くなっている。そんな世の中に適応し、群れることが当たり前になってしまった人たちに、群れの調和や帰属に反骨心を持って異を唱え続けた安部公房を読めといっても、ドン・キホーテのような顛末になるだけなのかもしれない。

けれども、そんな時代もまた終わる。歴史を振り返ればよくわかることだが、人間という生物の知性はある一定までいくとそれ以上は進化しないらしい。ソクラテスやプラトンが説いていた質感のある言葉は時代によって忘れ去られたり、呼び覚まされたりしながら今に至っているが、安部公房の文学は、そんな古代ギリシアの哲学者たちには違和感なく読めるかもしれない。

私の場合はフィレンツェでの苛酷な生活があり、あの人生の修羅場を潜ってきた作家たちが集う画廊兼書店があったおかげで安部公房の文学と出会うことができた。パンデミックを経験した現在の日本や世界で、さまざまな「壁」と改めて向き合うことになった私たちにとって、安部公房の文学が、師・石川淳への「弔辞」で彼自身が述べたように、「救命ポンプ」となりうるのは間違いない。

人間が自覚を恐れている自分たちの実態をさまざまな角度から観察し、洒落の利いた巧妙なレトリックを使って、ユーモラスにその記録を描き出す。ガルシア＝マルケスも「地球の観察者」という言葉を使ったが、人間社会の中に暮らしながら、人間とはどういう生き物なのかを俯瞰で観察し、商業主義的な意識に巻かれずにものを見る人たちこそ作家というものだろう。彼らはノマドのように飄々と地上を漂っている。地表に足を着けた瞬間に重力に引っ張られてしまうから、少しだけ宙に浮かんで飛び続けているしかない。その時点で、もうすでに周りの人々と足並みを揃えたような生き方はできないことになるが、しかしその思想性は質量を持ち、物質化しうるものである。

それは保守的な伝統主義者や一部の理系の人間がよく言う〝精神〟のような、実体のないあいまいなものではなく、ある意味で肉体よりも屈強なものだ。そしてそれは作家により言語化され、鉱物のように形あるものとして地球上に残っていく。読みやすさや話題性が重視された軽佻浮薄な小説や、功利的な科学技術のように、目先の利益や経済に短絡的に結びつくようなものではないが、お金なぞ所詮、泡のように消えていくものだ。この世に残り続けていくのは、どんな時代のどこの国の人間にも理解してもらえる言葉で綴られた、安部公房のような質感のある文学のほうなのである。

読者はそこに安易な希望や、わかりやすい絶望を求めてはいけない。「絶望の虚妄なるは、希望の虚妄なるにひとしい」という魯迅《ろじん》の言葉を、安部公房は好んだ。『第四間氷期』の「あとがき」にも、こう書いている。

「この小説から希望を読みとるか、絶望を読みとるかは、むろん読者の自由である。しかしいずれにしても、未来の残酷さとの対決はさけられまい。この試練をさけては、たとえ未来に希望をもつ思想に立つにしても、その希望は単なる願望の域を出るものではないのだ。（略）さて、本から目をあげれば、そこにあなたの現実がひろがっている……」

主要参考文献

・「安部公房全集」全三十巻（新潮社）
・安部公房『砂の女』『壁』『飢餓同盟』『けものたちは故郷をめざす』『他人の顔』『方舟さくら丸』『燃えつきた地図』『箱男』『密会』『カンガルー・ノート』『第四間氷期』『水中都市・デンドロカカリヤ』『R62号の発明・鉛の卵』『無関係な死・時の崖』『人間そっくり』『笑う月』『友達・棒になった男』『終りし道の標べに』『石の眼』『夢の逃亡』『幽霊はここにいる・どれい狩り』『緑色のストッキング・未必の故意』『カーブの向う・ユープケッチャ』『死に急ぐ鯨たち』（以上、新潮文庫）
・安部公房『けものたちは故郷をめざす』（岩波文庫）
・安部公房『内なる辺境／都市への回路』『榎本武揚』（中公文庫）
・安部ねり『安部公房伝』（新潮社）
・『新潮日本文学アルバム51　安部公房』（新潮社）
・ナンシー・K・シールズ著、安保大有訳『安部公房の劇場』（新潮社）
・宮西忠正『安部公房・荒野の人』（菁柿堂）
・谷真介編著『安部公房評伝年譜』（新泉社）
・桂川寛『廃墟の前衛　回想の戦後美術』（一葉社）
・鳥羽耕史『運動体・安部公房』（一葉社）
・鳥羽耕史編『安部公房　メディアの越境者』（森話社）
・友田義行『戦後前衛映画と文学　安部公房×勅使河原宏』（人文書院）

・友田義行編『フィルムメーカーズ22　勅使河原宏』（宮帯出版社）
・苅部直『安部公房の都市』（講談社）
・山口果林『安部公房とわたし』（講談社）
・木村陽子『安部公房とはだれか』（笠間書院）
・田中裕之『安部公房文学の研究』（和泉書院）
・呉美姃『安部公房の〈戦後〉——植民地経験と初期テクストをめぐって』（クレイン）
・李先胤『21世紀に安部公房を読む　水の暴力性と流動する世界』（勉誠出版）
・高橋信良『安部公房の演劇』（水声社）
・コーチ・ジャンルーカ『安部公房スタジオと欧米の実験演劇』（彩流社）
・佐々木基一編『作家の世界　安部公房』（番町書房）
・安部公房スタジオ編『安部公房の劇場　七年の歩み』（創林社）
・「ユリイカ」一九七六年三月号「特集・安部公房　故郷喪失の文学」（青土社）
・「ユリイカ」一九九四年八月号「増頁特集・安部公房　日常のなかの超現実」（青土社）
・「國文学」一九九七年八月号「特集・安部公房　ボーダーレスの思想」（學燈社）
・「安部公房展　没後10年」図録（世田谷文学館）

＊本書の安部公房作品の引用箇所は新潮文庫版に拠ります。『飢餓同盟』の内容についても新潮文庫版に準拠しました。
＊本書には、現在の人権意識では不適切と思われる表現がありますが、作品成立時の時代状況に鑑み、そのまま表記しています。

イラスト　ヤマザキマリ
構成・編集協力　福田光一
校閲　髙橋由衣
DTP　角谷 剛

NHK出版新書好評既刊

NHK出版新書好評既刊

NHK出版新書好評既刊

新・いのちを守る気象情報
斉田季実治
激甚化する自然災害にどう備えるか。人気の気象キャスターが、気象情報の読み方と防災知識を徹底解説。前著の情報を更新した改訂最新版！
654

デジタル・ファシズム
日本の資産と主権が消える
堤 未果
行政、金融、教育――日本の公共システムが、米中巨大資本に食われる！ 気鋭のジャーナリストが明かす「日本デジタル化計画」驚愕の事実。
655

宗教の本性
誰が「私」を救うのか
佐々木 閑
科学にも通じる仏教学者が、一神教、多神教、二元論宗教、イデオロギーまで、「なぜ人間は宗教なしで生きられないのか」を解き明かす、究極の宗教論。
656

子どもの目が危ない
「超近視時代」に視力をどう守るか
大石寛人
NHKスペシャル取材班
スマホやタブレットの使用、ゲームのやり過ぎが、子どもの深刻な近視を引き起こしている。科学的根拠のある治療法を徹底取材をもとに紹介する。
657

サボる哲学
労働の未来から逃散せよ
栗原 康
「はたらかざるもの食うべからず」。そんな世界は正常か？ 気鋭のアナキスト文人が資本主義下の労働倫理を解体し、そこから逃亡する道を拓く！
658

太平洋戦争への道
1931-1941
半藤一利
加藤陽子
保阪正康［編著］
昭和史研究のスペシャリストが集結して話題を呼んだNHKラジオ番組の書籍化。昭和日本が犯した「最大の失敗」から、令和日本が進む道を提言する。
659

NHK出版新書好評既刊

50代で決める！最強の「お金」戦略
荻原博子

50歳からの賢い働き方、トクする保険・年金の活用術、年金だけで暮らせる家計づくりのコツなど、家計経済の第一人者が最新「裏ワザ」を徹底指南！

660

鎌倉殿と執権北条氏
義時はいかに朝廷を乗り越えたか

坂井孝一

伊豆の地方豪族だった北条氏は、いかに流人時代の頼朝と出会い、熾烈な権力闘争の末に承久の乱を制したのか。時政・政子・義時を軸に描きだす。

661

日本人にとってキリスト教とは何か
遠藤周作『深い河』から考える

若松英輔

神とは、死とは、信仰とはどういうものか。いま最も旺盛な活動を続ける批評家が、遠藤文学の集大成『深い河』を軸に、霊性と宗教の交点を見出す。

662

ナチスと鉄道
共和国の崩壊から独ソ戦、敗亡まで

鴋澤歩

新車輛開発競争、交通政策をめぐる組織内外の駆け引き、鉄道からみた独ソ戦、死の特別列車――。知られざる歴史を、通史として描き出す。

663

ポスト・ヒューマニズム
テクノロジー時代の哲学入門

岡本裕一朗

なぜいま、哲学で「人間」が問題となるのか。「思弁的実在論」「加速主義」「新実在論」など、21世紀現代哲学を、具体的論点を踏まえて明瞭に解説！

664

小林秀雄の「人生」論
浜崎洋介

稀代の知性が一貫して追求した「日本人が真に幸福に生きるための心構え」とは？ あの難解な文章が読めるようになる、小林秀雄・超入門講義！

665

NHK出版新書好評既刊

商業美術家の逆襲
もうひとつの日本美術史
山下裕二
従来の日本美術史の枠をはみ出した破格の商業美術家の作品をカラーで多数収載。浮世絵からマンガまで、知られざる「美の系譜」を明らかにする!
666

現代哲学の論点
人新世・シンギュラリティ・非人間の倫理
仲正昌樹
パンデミックやテクノロジーの急速な進化など、社会の変化によって哲学に今どのような問いが生まれているのか? 8つの論点を鋭く解説!
667

日本人の宿題
歴史探偵、平和を謳う
半藤一利
保阪正康[解説]
「昭和史の語り部」として慕われた半藤一利さん。没後一年、NHKラジオ番組での「語り」をもとに再構成した日本人への「遺言」。保阪正康の解説付き。
668

「旧制第一中学」の面目
全国47高校を秘蔵データで読む
小林哲夫
「地元最強ブランド」の根拠は何か。なぜステータスを維持する学校と失う学校があるのか。明治から令和までの逸話が満載、教育関係者も必読!
669

オードリー・タンが語るデジタル民主主義
大野和基[インタビュー・編]
市民参加型の政治討論、新しい投票方法の導入、徹底した情報公開…。台湾の天才デジタル大臣が、民主主義の革新的なモデルの精髄を説く。
670

テルマエと浮世風呂
古代ローマと大江戸日本の比較史
本村凌二
アッピア街道と東海道から権力のあり方を考え、ワインと日本酒から民衆の暮らしに思いを馳せる。異なる歴史を比べて愉しむ10のエッセイ。
671

現在起こっている腐敗行為防止運動が、「戦争のあと物事がどうあるべきか」という、より根本的な問いに変わっていくことを祈ろう。ウクライナは、たんに西欧自由民主主義に追いつき、強大な西側企業の経済植民地となることを受け入れるべきなのか？　ポーランドのように、新保守主義派による反動に加わるのか？　古い社会民主主義を復活させるリスクを冒すのか？　いまこの瞬間、真の行動を起こすチャンスは目の前にある。ロシアの攻撃を撃退するだけでなく、この攻撃を利用して思いきった社会改革に乗りだすことができるのだ。

もうひとつ留意すべき点は、ロシアによるウクライナ侵攻がもたらした国際的な影響である。ロシアの植民地主義を実際に糾弾するには、ほかの新植民地、たとえばイスラエルやパレスチナの例も併せて考慮しなければならない。たしかにイスラエルは、侵略の結果としてヨルダン川西岸《ウエストバンク》を占拠しているのではない。しかし、アラブ諸国が敗北した一九六七年の戦争後に支配権を握った軍事占拠体制が半世紀以上も続いていることは事実である。そして、ヨルダン川西岸《ウエストバンク》のパレスチナ人の大半が占領下で生まれ、独立国家としての権利を勝ちとれる見通しがほぼないまま、自分たちの土地が徐々にユダヤ人植民者に占領

されるのをなすすべもなく見守ってきた事実を考えると、彼らの抵抗は至極当然に思える。ところが、西側諸国ではウクライナの「英雄的抵抗」を称える報道は絶えないものの、違法入植による拡大に抵抗したヨルダン川西岸《ウエストバンク》のパレスチナ人に対する連帯はどういうわけかほぼ見られない。概して、そうした連帯は即座に反ユダヤ主義だと切り捨てられてしまう。

しかし、新政府が事実上ヨルダン川西岸《ウエストバンク》統合に取りかかっているいま、イスラエルとロシアの類似性はいっそう顕著になっている。二〇二二年十二月、イスラエル政府は、ユダヤ人が「イスラエルの地（ユダヤの伝統によると、神によってユダヤ人に約束された領域で、ジュデア・サマリア地区やヨルダン川西岸《ウエストバンク》を含む）全域において、議論の余地のない独占権」を有していると声明を出した。そして、「ヨルダン川西岸《ウエストバンク》にはイスラエルの主権が適用され」、さらには「占拠地の法律からイスラエル国内法の適用」に変更されると発表した。つまり、事実上の統合である。この声明が意味しているのは、何よりも、「一九四八年以前にイスラエルが所有していたヨルダン川西岸《ウエストバンク》の領土を再び彼らの手に〝解放する〟ように、敵の財産法を変更すること」[★153]だ（しかし、イスラエル内のパレスチナ所有地には、なぜ同じ条件があてはまらないのか？）。

原則的には、こうした変更は進歩的な行動になりうる。なぜならこれは、「イスラエル人とヨルダン川西岸《ウエストバンク》のパレスチナ人に別の法律体系を適用することをもはや正当化できなくなる」ことを示しているからだ。しかしながら、ヨルダン川西岸《ウエストバンク》がたんにイスラエルの一部になった場合、イスラエルはヨルダン川西岸《ウエストバンク》に居住する二百万人以上のパレスチナ人をどうすべきか、という問題に直面する。彼らがイスラエル市民と認定されれば、今日イスラエルに暮らすパレスチナ人とともに強力な投票層を築くことになる。現在のイスラエル政府にとって、これは明らかに受け入れがたいことだ(イスラエルがいまだにヨルダン川西岸《ウエストバンク》を統合していない真の理由はここにある)。

その事態を防ぐにはどうすればいいのか? イスラエルの選択肢はふたつしかない。できるだけ多くのパレスチナ人をイスラエルから追いだすか、「ひとつの人種グループによる別の人種グループへの組織的な抑圧と支配を行う制度化された政策、別名アパルトヘイトとして知られる政策を、それを維持する目的で」[★154]課すか、である。

では、今日のイスラエルにおける真の政治的活動とはどのようなものなのか? 二〇二三年の初めから、イスラエルでは新たな右派政府とその横暴な政策に抗議するデモが相次いでいる。こうした政策のなかでもとくに重要なのは、現在は独立している司法権を政府

に従属させる提案である。しかしながら、数十万人の自由主義派、自由を愛する抗議者は、この新政府とその法律から明らかに最も大きな被害を受けているパレスチナ人（人口の二十パーセントを占める）の窮状をほぼ完全に無視している。そのため、この抗議運動はイスラエルのアパルトヘイト政策にはなんの脅威にもならず、政府はこの不満が国内のユダヤ人の問題であるかのように振る舞っている。

このような状況において、真の行動とは、パレスチナ人を含む大規模な民主主義連合を提案することだ。イスラエルの政策で暗黙の了解とされている規則に違反するこの行動は大きな危険を伴うが、イスラエルが新たな宗教原理主義的な人種差別国家となるのを防ぐには、この種の連合の創設、ひいては実現可能と思われる選択肢そのものを変えていくしか方法はない。

ウクライナでの戦争は様々な恐ろしい事態を引き起こしたが、それと同時にわれわれに大きなチャンスを差しだしている。私は、ドイツの緑の党の基本的な姿勢を全面的に支持する。彼らは、ウクライナを全力で支援すると宣言しているだけでなく、現在のエネルギー危機を、環境に優しい産業に変更する唯一無二のチャンスとして利用すべきだと提案している。西側諸国は、確立された生活様式を大幅に変えることなくウクライナを「助ける」

にはどうすればいいのかと頭を悩ませ続けているが、緑の党の計画はそれとはまったく逆で、ウクライナの戦争をきっかけに事態を好転させることである。この戦争をたんなる障害としてではなく、われわれの経済および社会生活を方向転換する刺激とみなそう、と提案しているのだ。

ジョセフ・スティグリッツ（注：アメリカの経済学者）はこう述べている。

平時経済によってこの戦争に勝利できると考えるのは間違いだ。市場を放置して大規模な戦争に勝った国は、これまでひとつも存在しない。必要とされる大規模な構造的変化に対応するには、市場の動きは遅すぎるからだ。[★155]

この結論は広く受け入れられるべきである。今後、新たなグローバル危機に直面したとき、われわれは迅速に、決然と、グローバルな行動を起こさねばならない。英国の国民保健サービス（NHS）が陥っている危機を描写したサイモン・ジェンキンスの発言を、われわれはおそらく彼が意図していたよりももっと文字どおりに捉える必要がある。

現在NHSが陥っている危機は歴史的なものであり、唯一の対処法は戦時体制をとることだ。今日、われわれは緊急事態を抱えているが、前線で活躍する医師や看護師への支援や愛情が損なわれることは決してない。戦時中の兵士たちのように、彼らはすべてが失われたかに思える絶望的な状況で、人々が本能的に頼りにする労働者なのだ。[★156]

ドイツからわが母国スロヴェニアまで、ヨーロッパのどの国も似たような状況に陥っている。環境危機と戦争という現在も悪化の一途をたどる危機に対処するためには、本書で私が大胆にも「戦時共産主義」と呼ぶ要素が必要だ。すなわち、通常の市場ルールだけでなく、民主主義の確立されたルールさえも破らざるを得ないような行動（民主主義的な同意なしの対策の実施や自由の制限）が必要なのである。

ベルトルト・ブレヒトの短いインタビューや対談コレクション（ほとんど蔑《ないがし》ろにされているか忘れ去られている）が近年、『*Our Hope Today is the Crisis*（この危機こそが、われわれの希望である）』[★157]と題されて刊行された。勇気をだして、彼の洞察を真っ向から受け止めよう。逃げても、遅らせようとしても、黙示録の四騎士がもたらす脅威などたいしたことはない

と主張してもいけない。メランコリックな無関心にどっぷり浸かり、何もしない努力をせっせと続けていてもいけない。すべてのリスクを受け止め、危機の根源を攻撃しよう。なぜならば、今日、歴史が着々と破局に向かって進んでいくのを何もせず見守ることこそが、最大の危機だからである。

what-i-learned-about-julian-assange

147 See, for example, 'Is WikiLeaks founder being granted freedom because of bad hygiene?' Yahoo.com, 13 January 2018: https://www.yahoo.com/lifestyle/wikileaks-founder-granted-freedom-bad-hygiene-213048566.html

148 See, for example, 'Whistleblower Julian Assange sounds off on #MeToo Twitter campaign', *Newsweek*, 23 October 2017: https://www.newsweek.com/julian-assange-sounds-me-too-campaign-690950

149 Alenka Zupančič, 'When I count to ten, you will be dead . . .', *Mladina-Alternative*, Ljubljana, 2013, p. 31.

150 'Facebook whistleblower Frances Haugen calls for urgent external regulation', *Guardian*, 25 October 2021: https://www.theguardian.com/technology/2021/oct/25/facebook- whistleblower-frances-haugen-calls-for-urgent-external-regulation

151 See 'What Zuckerberg's metaverse means to our humanity', CNN.com, 29 October 2021:https://edition.cnn.com/2021/10/28/opinions/zuckerberg-facebook-meta-rushkoff/index.html

152 'We have strikes, protests and scandals–Ukraine is more than a warzone', *Guardian*, 22 February 2023: https://www.theguardian.com/commentisfree/2023/feb/22/strikes-protests-scandals-ukraine-warzone

153 'Israel is annexing the West Bank. Don't be misled by its gaslighting', *Just Security*, 9 February 2023: https://www.justsecurity.org/85093/israel-is-annexing-the-west-bank-dont-be-misled-by-its-gaslighting/

154 Ibid.

155 Joseph Stiglitz, 'Wars aren't won with peacetime economies', *Project Syndicate*, 17 October 2022: https://www.project-syndicate.org/commentary/west-needs-war-economics-energy-food-supply-shortages-by-joseph-e-stiglitz- 2022-10

156 Simon Jenkins, 'This NHS crisis is historic–a war footing is the only way to deal with it', *Guardian*, 2 January 2023: https://www.theguardian.com/commentisfree/2023/jan/02/britain-nhs-crisis-war-footing-pandemic

157 See Bertolt Brecht, *Unsere Hoffnung heute ist die Krise,* ed. Von Noah Willumsen, Frankfurt: Suhrkamp Verlag, 2023.

2003.

132 Quoted from Adrian Johnston, 'Capitalism's Implants: A Hegelian Theory of Failed Revolutions', *Crisis & Critique*, 8, 2 (2021): https://www.crisiscritique.org/storage/app/media/2021-12-13/cc-82-adrian-johnston.pdf

133 Étienne Balibar, *Spinoza and Politics*, New York: Verso, 1998, p. 88.

134 Christopher J. Bickerton and Carlo Invernizzi Accetti, *Technopopulism: The New Logic of Democratic Politics*, Oxford: Oxford University Press, 2021, p. 7.

135 See 'How Prince Harry makes his millions–inside Duke and Duchess of Sussex L135m empire', *Daily Express* : https://www.msn.com/en-gb/money/other/how-prince-harry-makes-his-millions-inside-duke-and-duchess-of-sussex-135m- empire/ar-AA16yAcx?ocid=msedgntp&cvid=d7e7bc8c98974846b92872c7b0937c7

136 '2% of Elon Musk's wealth could help solve world hunger, says director of UN food scarcity organization, CNN.com, 1 November 2021: https://edition.cnn.com/2021/10/26/economy/musk-world-hunger-wfp-intl/index.html

137 See 'The market is not an end in itself ', *Financial Times*, 16 September 2022: https://www.ft.com/content/0affdc86-0148-4d1e-80f3-4b7e0d2d5bc2

138 'Hatte Marx doch recht?, *Der Spiegel*, 30 December 2022: https://www.spiegel.de/wirtschaft/gruener-kapitalismus-die-chance-auf-eine-nachhaltigere-wirtschaftsordnung-a-00f49cb5-6509-456f-94ad-f420fab94200

139 Marx and Engels, *Collected Works*, vol. 47, Moscow: Progress Publishers, 1995, p. 234.

140 V. I. Lenin, 'People From Another World', from *Collected Works*, vol. 26, Moscow: Progress Publishers, Moscow, 1972, pp. 431–3: https://www.marxists.org/archive/lenin/works/1918/jan/06.htm

141 See Roland Boer, *Socialism with Chinese Characteristics: A Guide for Foreigners*, Singapore: Springer, 2021. The book is dedicated to Domenico Losurdo, who wrote *Stalin: The History and Critique of a Black Legend* (available online at https://static1.squarespace.com/static/5ed33bcd368e221ec227cacd/t/5ee39a1731781f54f197c5f7/1591974443348/Domenico+Losurdo+-+Stalin.pdf); like Losurdo, Boer treats Stalin as one of the big names in the Marxist revolutionary tradition.

142 See Søren Mau, *Mute Compulsion*, London: Verso Books, 2023.

143 Marx and Engels, *Collected Works*, vol. 24, Moscow: Progress Publishers, 1989. p. 183.

144 See George Orwell, *The Road to Wigan Pier* (1937).

145 Quoted from Johnston, 'Capitalism's Implants'.

146 See, for example, 'Inside the strange, paranoid world of Julian Assange', Buzzfeed.com, 23 October 2016: https://www.buzzfeed.com/jamesball/heres-

116 Sama Maani, *Respektverweigerung: Warum wir fremde Kulturen nicht respektieren sollten. Und die eigene auch nicht*, Klagenfurt: Drava Verlag, 2015.

117 See Wikipedia: https://en.wikipedia.org/wiki/Lilla_Watson.

118 See 'Russia Vs. Ukraine or civil war In the West?': https://www.youtube.com/watch?v=JxdHm2dmvKE

119 See 'Postmodernism is a transformation of Marxism': https://www.youtube.com/watch?v=0Hu_Rxxs0VA

120 See 'An "imposter Christianity" is threatening American democracy', CNN.com, 24 July 2022: https://edition.cnn.com/2022/07/24/us/white-christian-nationalism-blake-cec/index.html

121 'Viktor Orbán sparks outrage with attack on "race mixing" in Europe', *Guardian*, 24 July 2022: https://www.theguardian.com/world/2022/jul/24/viktor-orban-against-race-mixing-europe-hungary

122 Ibid.

123 'GOP civil war on Ukraine builds between MAGA, Reagan Republicans', *The Hill*, 26 July 2022: https://news.yahoo.com/news/gop-civil-war-ukraine-builds-092040546.html

124 Ibid. See also 'Rightwing Republicans rail against US aid for Ukraine: "We've done enough" ', *Guardian*, 4 March 2023: https://www.theguardian.com/us-news/2023/mar/04/cpac-rightwing-republicans-ukraine-support-marjorie-taylor-greene

125 Quoted from Chapter 1 of *The Communist Manifesto* : https://www.marxists.org/archive/marx/works/1848/communist-manifesto/ch01.htm

126 'Judith Butler: "I am hopeful that the Russian army will lay down its arms" ', *ARA*, 28 April 2022: https://en.ara.cat/culture/am-hopeful-that-the-russian-army-will-lay-down-its-arms_128_4353851.html

127 Simon Tisdall, 'Putin is already at war with Europe. There is only one way to stop him', *Guardian*, 17 July 2022: https://www.theguardian.com/commentisfree/2022/jul/17/putin-is-already-at-war-with-europe-there-is-only-one-way-to-stop-him

128 'Volodymyr Zelensky and wife Olena: War is making our love stronger', *Daily Telegraph*, 27 July 2022: https://www.telegraph.co.uk/world-news/2022/07/27/volodymyr-zelensky-war-has-made-marriage-stronger/

129 See James Godley, 'In the Shadow of Fire' (intervention at the conference *In the Wake of the Plague: Eros and Mourning* at Dartmouth College, 21–24 April 2022).

130 See Jacques Lacan, *Seminar VII :The Ethics of Psychoanalysis*, London: Routledge, 2015.

131 I rely here on Robert Pfaller, *Illusionen der Anderen*, Frankfurt: Suhrkamp,

downplays-right-wing-anti-semitism-contradicting-israeli-study/

103 'Polish leader blames low birthrate on women using alcohol', Euronews, 8 November 2022: https://www.euronews.com/2022/11/08/polish-leader-blames-low-birthrate-on-women-using-alcohol

104 'Gettysburg College postpones "Tired of white cis men?" event amid backlash', *Washington Examiner*, 14 November 2022: https://www.washingtonexaminer.com/restoring-america/equality-not-elitism/gettysburg-white-cis-men-backlash?utm_source=msn&utm_medium=referral&utm_campaign=msn_feed

105 See https://framaforms.org/couloirs-en-mixite-choisie-1655561648. I owe this information to Elias Cohen, ENS, Paris

106 See 'University sparks language row as it advises students to refer to each other as "they" ', MailOnline, 24 February 2023: https://www.dailymail.co.uk/news/article-11784439/Kent-University-sparks-woke-language-row-advice-refer-people-pronouns-unknown.html

107 'Cambridge don in trans row after boycotting gender-critical speaker', *Daily Telegraph*, 21 October 2022: https://www.telegraph.co.uk/news/2022/10/21/cambridge-don-trans-row-boycotting-gender-critical-speaker/

108 See 'Transgender rapist Isla Bryson moved to men's prison', BBC News, 26 January 2024: https://www.bbc.co.uk/news/uk-scotland-64413242

109 'Muslim students from Goldsmiths University's Islamic Society "heckle and aggressively interrupt" Maryam Namazie talk', *Independent*, 4 December 2015: https://www.independent.co.uk/student/news/muslim-students-from-goldsmiths-university-s-islamic-society-heckle-and-aggressively-interrupt-maryam-namazie-talk-a6760306.html

110 See 'Höcke schlägt Wagenknecht Wechsel in die AfD vor', Welt, 26 February 2023: https://www.welt.de/politik/deutschland/article243979899/Sahra-Wagenknecht-Hoecke-schlaegt-Wechsel-in-die-AfD-vor.html

111 See John McWhorter, *Woke Racism: How a New Religion Has Betrayed Black America,* New York: Portfolio, 2021.

112 Vincent Lloyd, 'A Black professor trapped in anti-racist hell', *Compact*, 10 February 2023: https://compactmag.com/article/a-black-professor-trapped-in-anti-racist-hell

113 I resume here the argumentation from Chapter 3 of my *Surplus-Enjoyment*, London: Bloomsbury Press, 2022.

114 Jacques Lacan, *The Four Fundamental Concepts of Psycho-Analysis*, Harmondsworth: Penguin Books, 1979, pp. 57–8.

115 Ben Burgis: *Canceling Comedians While the World Burns: A Critique of the Contemporary Left*, London: Zero Books, 2021.

89 'Ukraine commits statue-cide', BBC News, 24 February 2014: https://www.bbc.co.uk/news/blogs-magazine-monitor-26321963

90 Jean-Claude Milner, *Relire la Revolution*, Lagrasse: Verdier, 2016, p. 246.

91 See 'Vegetal redemption: a Ukrainian woman and Russian soldiers', The Philosophical Salon, 26 February 2022: https://thephilosophicalsalon.com/vegetal-redemption-a-ukrainian-woman-and-russian-soldiers/

92 ' "Put sunflower seeds in your pockets so they grow on Ukraine soil when you DIE" ', MailOnline, 25 Febraury 2023: https://www.dailymail.co.uk/news/article-10548649/Put-sunflower-seeds-pockets-grow-Ukraine-soil-Woman-confronts-Russian-troops.html.

93 'Interview with Prime Minister Viktor Orbán in the political weekly *Mandiner* ', *About Hungary*, 3 March 2022: https://abouthungary.hu/speeches-and-remarks/interview-with-prime-minister-viktor-orban-in-the-political-weekly-mandiner

94 'Nori case: Bicocca, the course will be held– Icon News: https://www.ruetir.com/2022/03/02/nori-case-bicocca-the-course-will-be-held-icon-news/

95 'Video shows sledgehammer execution of Russian mercenary', Reuters, 13 November 2022: https://www.reuters.com/world/europe/sledgehammer-execution-russian-mercenary-who-defected-ukraine-shown-video-2022-11-13/

96 'Russia's Wagner Group sends bloodied sledgehammer to EU', *Daily Telegraph*, 24 November 2022: https://www.telegraph.co.uk/world-news/2022/11/24/putins-chef-wagner-group-sledgehammer-eu-response-called-terrorist/

97 'Russia-Ukraine updates: EU agrees to cap Russian gas prices', AlJazeera.com, 2 December 2022: https://www.aljazeera.com/news/liveblog/2022/12/2/russia-ukraine-live-blog-shelling-in-kherson-leaves-three-dead

98 'Putin's Private army goes full ISIS with sledgehammer execution video', Yahoo.com, 14 November 2022: https://www.yahoo.com/video/putin-private-army-goes-full-132201119.html

99 'In Iran, young girls are forced to marry prison guards. Then executed the next day', Mamamia, 14 November 2022: https:/www.mamamia.com.au/iran-girls-execution/

100 See Wikipedia: https://en.wikipedia.org/wiki/Itamar_Ben-Gvir

101 'Netanyahu warns a "pernicious" form of antisemitism more popular today', Fox News, 12 November 2022: https://www.foxnews.com/world/netanyahu-warns-pernicious-form-antisemitism-popular-today

102 'Netanyahu downplays right-wing anti-Semitism, contradicting Israeli study', *Times of Israel*, 27 January 2019: https://www.timesofisrael.com/netanyahu-

Shipping News, 1 February 2023: https://www.hellenicshippingnews.com/grain-initiative-rate-of-ship-exits-from-ports-remains-critically-low/

73 'Russia's Sergei Lavrov compares Ukraine to Palestine', *Newsweek*, 16 May 2022: https://www.newsweek.com/russia-sergei-lavrov-compares-ukraine-palestine-putin-israel-1706810

74 Ibid.

75 'China's Xi, in message to N.Korea's Kim, vows cooperation under "new situation" – KCNA', Reuters, 25 February 2022: https://www.yahoo.com/news/chinas-xi-message-n-koreas-221911185.html?guccounter=1

76 ' "It's not rational": Putin's bizarre speech wrecks his once pragmatic image', *Guardian*, 25 February 2022: https://www.theguardian.com/world/2022/feb/25/its-not-rational-putins-bizarre-speech-wrecks-his-once-pragmatic-image

77 'Putin's terrifying warning to the West', MailOnline, 24 February 2022: https://www.dailymail.co.uk/news/article-10545641/Putins-gives-chilling-warning-West-early-morning-TV-broadcast.html

78 See 'An introduction to Ivan Ilyin', Open Culture: https://www.openculture.com/2018/06/an-introduction-to-ivan-ilyin.html.

79 'The Russians who fear a war with the West', BBC News, 25 October 2016: https://www.bbc.co.uk/news/world-europe-37766688

80 'Trump calls Putin "genius" and "savvy" for Ukraine invasion', Politico, 23 February 2022: https://www.politico.com/news/2022/02/23/trump-putin-ukraine-invasion-00010923

81 'Ukraine criticises speech by Pink Floyd's Roger Waters at UN Security Council', MSN.com: https://www.msn.com/en-gb/news/uknews/ukraine-criticises-speech-by-pink-floyd-s-roger-waters-at-un-security-council/ar-AA17goCj?ocid=msedgntp&cvid=c1b8dab2d9c64dc3a309f87d82bc86ef

82 'Top Putin ally says he "will not hide" intention to invade Poland anymore', *Daily Beast*, 7 February 2023: https://www.thedailybeast.com/top-putin-ally-ramzan-kadyrov-says-he-will-not-hide-intention-to-invade-poland-anymore

83 Alenka Zupančič, *Let Them Rot: Antigone's Parallax*, New York: Fordham University Press, 2023, p. 18.

84 Quoted in 'Trump calls for the termination of the Constitution in Truth Social post', CNN.com, 4 December 2022: https://edition.cnn.com/2022/12/03/politics/trump-constitution-truth-social/index.html

85 Quoted from 'Address by the President of the Federation', 21 February 2022: http://en.kremlin.ru/events/president/news/67828

86 See https://www.youtube.com/watch?v=uyS1cXrsgIg

87 Adam Tooze, *The Deluge*, London: Penguin Books, 2014, pp. 151–2.

88 Ibid., p. 166.

expert says,' CNN.com, 2 May 2022: https://edition.cnn.com/2022/05/02/asia/india-pakistan-heatwave-climate-intl-hnk/index.html

57 See https://en.wikipedia.org/wiki/Grass_Mud_Horse

58 See https://www.youtube.com/watch?v=QkTZYjL_8f8

59 'Medvedev raises spectre of Russian nuclear strike on Ukraine', Reuters, 27 September 2022: https://www.reuters.com/world/europe/russias-medvedev-warns-west-that-nuclear-threat-is-not-bluff-2022-09-27/

60 'NATO would be too scared to react if Russia drops nuke first–Putin ally', *Newsweek*, 27 September 2022: https://www.newsweek.com/dmitry-medvedev-russia-nuclear-weapons- nato-ukraine-1746638

61 'Restoration of empire is the endgame for Russia's Vladimir Putin', CNN.com, 11 June 2022: https://edition.cnn.com/2022/06/10/europe/russia-putin-empire-restoration-endgame-intl-cmd/index.html

62 'U.S. needs strategic off-ramp to end Russian war in Ukraine', MSN.com: https://www.msn.com/en-gb/news/world/u-s-needs- strategic-off-ramp-to-end-russian-war-in-ukraine/ar-AA12kMOB?ocid=msedgntp&cvid=905166c2af0146a8bae52a8401544010

63 Ibid.

64 'Restoration of empire is the endgame for Russia's Vladimir Putin', CNN.com, 11 June 2022: https://edition.cnn.com/2022/06/10/europe/russia-putin-empire-restoration-endgame-intl-cmd/index.html

65 'Henry Kissinger, Noam Chomsky find rare common ground over Ukraine war', *Newsweek*, 24 May 2022: https://www.newsweek.com/henry-kissinger-noam-chomsky-find-rare-common-ground-over-ukraine-war-1709733

66 See ' "Freudian slip": Bush decries "invasion of Iraq" – not Ukraine', AlJazeera.com, 19 May 2022: https://www.aljazeera.com/news/2022/5/19/freudian-slip-bush-decries-invasion-of-iraq-not-ukraine

67 'Julian Assange can be extradited, says UK home secretary', BBC News, 17 June 2022: https://www.bbc.co.uk/news/uk-61839256

68 See https://www.dw.com/en/us-intel-russia-war/a-61794064.

69 'Finland's leaders announce support for NATO membership, sparking retaliation threats from Russia', CNN.com, 13 May 2022: https://edition.cnn.com/2022/05/12/europe/finland-leaders-join-nato-intl/index.html

70 'Dinner with the FT: Father to the oligarchs', *Financial Times*, 23 November 2004: https://www.ft.com/content/763b10fc-337e-11d9-b6c3-00000e2511c8

71 ' "Insane" sanctions or food supplies: Russia tells West', *Hindustan Times*, 20 May 2022: https://www.hindustantimes.com/world-news/insane-sanctions-or-food-supplies-russia-tells-west-101652998007637.html

72 'Grain initiative: rate of ship exits from ports remains critically low', *Hellenic*

44 'Russia's military "is furious that Putin has down-scaled Ukraine invasion to focus on Donbas and is calling for all-out WAR' ", MailOnline, 27 April 2022: https://www.dailymail.co.uk/news/article-10759213/Are-fighting-war-masturbating-Russian-military-furious-Putin-scaled-invasion.html

45 'Israel outrage at Sergei Lavrov's claim that Hitler was part Jewish', BBC News, 2 May 2022: https://www.bbc.co.uk/news/world-middle-east-61296682

46 As set out in Mao's Three Worlds Theory, whereby the First World comprises the United States and the Soviet Union; the Second World comprises Japan, Canada, Europe and the other countries of the global North; and the Third World comprises China and India and the countries of Africa, Latin America and continental Asia.

47 See Frances Fukuyama, 'A country of their own: liberalism needs the nation', *Foreign Affairs*, May/June 2022: https://www.foreignaffairs.com/articles/ukraine/2022-04-01/francis-fukuyama-liberalism-country

48 See 'Jürgen Habermas zur Ukraine: Krieg und Empörung', *Süddeutsche Zeitung*, 28 April 2022: https://www.sueddeutsche.de/projekte/artikel/kultur/das-dilemma-des-westens-juergen-habermas-zum-krieg-in-der-ukraine-e068321/?reduced=true.

49 See 'What is the ne explétif and when to use it in French': https://french.kwiziq.com/revision/grammar/how-to-understand-the-ne-expletif

50 I owe this idea to Eric Santner, Chicago (personal communication).

51 See 'Putin's "chef " who runs feared Wagner mercenaries calls the West "pathetic endangered perverts" . . .', MailOnline, 4 May 2022: https://www.dailymail.co.uk/news/article-10782799/Putins-chef-runs-feared-Wagner-mercenaries-calls-West-pathetic-endangered-perverts.html

52 See 'Why are UK supermarkets facing fresh food shortages?', *Guardian*, 22 February 2023: https://www.theguardian.com/business/2023/feb/22/problem-shortage-fresh-food-uk-supermarkets#:~:text=What%20is%20behind%20the%20shortages,energ y%20bills%20to%20heat%20glasshouses

53 I owe to Mladen Dolar this application of the 'four riders of the apocalypse' to today's condition.

54 See Trevor Hancock, 'There is a fifth horseman of the Apocalypse–and it is us', Healthy Debate, 5 November 2020: https://healthydebate.ca/2020/11/topic/there-is-a-fifth-horseman-humans/

55 See 'War in Ukraine could lead to food riots in poor countries, warns WTO boss', *Guardian*, 24 March 2022: https://www.theguardian.com/world/2022/mar/24/war-ukraine-food-riots-poor-countries-wto-ngozi-okonjo-iweala-food-prices-hunger

56 'India and Pakistan heatwave is "testing the limits of human urvivability,"

Intellinews, 18 March 2022: https://www.intellinews.com/bosnian-us-officials-condemn-russian-threat-over-bosnia-s-nato-accession-238517/

33 See https://asia.nikkei.com/Politics/International-relations/Russia-wants-NATO-forces-out-of-ex-Warsaw-Pact-states-Lavrov

34 See Thomas Gomart and Nicholas Sowels, 'NATO-Russia: Is the "Russian Question" European?', *Politique étrangere*, vol. 5, 2009: https://www.cairn.info/revue-politique-etrangere-2009-5-page-123.htm

35 See 'Medvedev: Russia may have to push back Poland's border for "peace" ', *Daily Digest* : https://www.msn.com/en-gb/news/world/medvedev-russia-may-have-to-push-back-poland-s-border-for-peace/ss-AA184LyU?ocid=msedgntp&cvid=27d4ef23dc4f4631804eaaa74fe63db2&ei=11#image=2

36 Quoted from https://www.novilist.hr/novosti/zlokoban-intervju-utjecajnog-ruskog-politologa-europa-je-za-nas-trofej-koji-cemo-podijeliti-s-amerikancima/. Incidentally, this same Evstafiev said on Russia-1, a state-owned TV channel, that he supports public hanging of the Ukrainians condemned by a Russian court-martial for resisting the Russian peacekeeping mission – see 'Russian pundits advocate for public hangings in Ukraine on state-controlled TV', MirrorOnline, 14 March 2022: https://www.mirror.co.uk/news/world-news/russian-pundits-advocate-public-hangings-26463711

37 'Interview with Prime Minister Viktor Orbán in the political weekly *Mandiner* ', *About Hungary*, 3 March 2022: https://abouthungary.hu/speeches-and-remarks/interview-with-prime-minister-viktor-orban-in-the-political-weekly-mandiner

38 Franco Berardi, '*The Serpent's Egg* : between depression and aggressiveness', Medium.com: https://medium.com/neuromagma/the-serpents-egg-2367f08fecd1

39 Moustafa Bayoumi, 'They are "civilised" and "look like us": the racist coverage of Ukraine', *Guardian*, 2 March 2022: https://www.theguardian.com/ commentisfree/2022/mar/02/civilised-european-look-like-us-racist-coverage-ukraine

40 'How One priest turned Putin's invasion into a Holy War', *Rolling Stone*, 19 March 2022: https://www.rollingstone.com/politics/politics-features/holy-war-priest-putin-war-ukraine-1323914/

41 Quoted from Joanna Szostek onTwitter: https://twitter.com/Joanna_Szostek/status/1509258432863514634

42 Ibid.

43 'State channels prepare population for nuclear war– *The Moscow Times* ', *Hindustan News Hub* : https://hindustannewshub.com/russia-ukraine-news/state-channels-prepare-population-for-nuclear-war-the-moscow-times/

16 Quoted from Moshe Lewin, *Lenin's Last Struggle*, Ann Arbor: University of Michigan Press, 2005, p. 61.

17 'The Russian spy boss humiliated by Putin', *El País*, 23 February 2022: https://english.elpais.com/opinion/2022-02-23/the-russian-spy-boss-humiliated-by-putin.html

18 The scene is available at https://www.youtube.com/watch?v=o9A-u8EoWcI.

19 Richard Overy, *The Dictators*, London: Penguin Books, 2004, pp. 100–101.

20 V. I. Lenin, 'The socialist revolution and the right of nations to self-determination', (January–February 1916): https://www.marxists.org/archive/lenin/works/1916/jan/x01.htm

21 'Russia's Putin accused Lenin of ruining the Soviet Union', *Newsweek*, 22 January 2016: https://www.newsweek.com/russias-putin-accused-lenin-ruining-soviet-union-418519.

22 Leon Trotsky, *Problem of the Ukraine* (April 1939): https://www.marxists.org/archive/trotsky/1939/04/ukraine.html

23 'Putin invokes Soviet heroes Lenin, Stalin, says Russia "created" Ukraine', *Newsweek*, 21 February 2022: https://www.newsweek.com/putin-invokes-soviet-heroes-lenin-stalin-says-russia-created-ukraine-1681185

24 'China urges families to stock up on food for winter', *New York Times*, 2 November 2021: https://www.nytimes.com/2021/11/02/world/asia/china-food-shortages-winter.html

25 'Time will prove China's stance on Ukraine is on the right side of history: Wang Yi', *Global Times*, 20 March 2022: https://www.globaltimes.cn/page/202203/1255298.shtml.

26 Alain Badiou, *Je vous sais si nombreux . . .*, Paris: Fayard, 2017, pp.56–7.

27 'Étienne Balibar : "Le pacifisme n'est pas une option" ', Mediapart, 7 March 2022: https://www.mediapart.fr/journal/culture-idees/070322/etienne-balibar-le-pacifisme-n-est-pas-une-option

28 The poem can be heard at: https://knowyourmeme.com/memes/annalynne-mccord-dear-president-putin-im-so-sorry-i-was-not-your-mother

29 As defined by Wikipedia: https://en.wikipedia.org/wiki/Realpolitik

30 Quoted in 'Paris alive: Jean-Paul Sartre on World War II', *The Atlantic*, 3 September 2014: https://www.theatlantic.com/international/archive/2014/09/paris-alive-jean-paul-sartre-on-world-war-ii/379555/

31 'Cryptocurrencies: anarchist turn or strengthening of surveillance capitalism?', *Australian Humanities Review* 66 (May 2020): https://australianhumanitiesreview.org/2020/05/31/cryptocurrencies-anarchist-turn-or-strengthening-of-surveillance-capitalism-from-bitcoin-to-libra/

32 'Bosnian, US officials condemn Russian threat over Bosnia's Nato accession',

注

1 Jean-Pierre Dupuy, *The War That Must Not Occur*, Redwood City, Stanford University Press, 2023 (quoted from the manuscript).

2 Jean-Pierre Dupuy, *Petite metaphysique des tsunamis*, Paris: Editions du Seuil, 2005, p. 19.

3 Ibid.

4 Dupuy, *The War That Must Not Occur*.

5 'Aliens haven't contacted Earth because there's no sign of intelligence here, new answer to the Fermi paradox suggests', *Live Science*, 15 December 2022: https://www.livescience.com/aliens-technological-signals

6 See Thomas Frank: https://www.youtube.com/watch?v=VWKsTzHwIsM&t=2s

7 'Sanders warns Democrats not to focus solely on abortion ahead of midterms', *Guardian*, 10 October 2022: https://www.theguardian.com/us-news/2022/oct/10/bernie-sanders-democrats-warning-abortion-economy-midterms

8 'Vladimir Putin fell down stairs at his home and soiled himself. . .', MailOnline, 2 December 2022: https://www.dailymail.co.uk/news/article-11494595/Vladimir-Putin-fell-stairs-home-soiled-himself.html

9 '#PoopyPantsBiden: The REAL "accident" behind hashtag, and how trolls got it wrong', MEAWW.com, 8 November 2021: https://meaww.com/biden-bathroom-accident-happened

10 'The disturbing secret behind the world's most expensive coffee', National Geographic.com: https://www.nationalgeographic.com/animals/article/160429-kopi-luwak-captive-civet-coffee-Indonesia

11 ' "Forgetful Europe" urged to go through moral cleansing', BelTA, 2 July 2022: https://eng.belta.by/president/view/forgetful-europe-urged-to-go-through-moral-cleansing-151504-2022/

12 Everyone should take a look at this horror: 'GOIDA! Russians advocate for dialogue and reason! Ivan Okhlobystin': https://www.youtube.com/watch?v=FMECmLXXPrs

13 'Putin quoted song lyrics about rape and necrophilia to explain Russia's demands from Ukraine', BusinessInsider.com, 8 February 2022: https://www.businessinsider.com/putin-macron-meeting-quote-obscene-lyrics-show-russia-ukraine-demands-2022-2?r=US&IR=T

14 'Russia: Putin's statements on Chechnya may reflect public opinion', Radio FreeEurope/RadioLiberty, 13 November 2002: https://www.rferl.org/a/1101362.html

15 Boris Čibej in *Delo* (Ljubljana), 14 February 2022.

スラヴォイ・ジジェク Slavoj Žižek

1949年スロヴェニア生まれ。リュブリャナ大学社会学研究所教授。ラカン派精神分析の立場からヘーゲルの読み直しを行い、マルクス主義のイデオロギー理論を刷新、全体主義などのイデオロギー現象の解明に寄与。また社会主義体制下のユーゴスラビアで反体制派知識人として民主化運動に加わり、指導的な役割を演じるなど現実的な問題に対しても積極的な発言を行っている。著書に『イデオロギーの崇高な対象』(河出文庫)、『ポストモダンの共産主義』(ちくま新書)、『性と頓挫する絶対』(青土社)、『パンデミック』『パンデミック2』(Pヴァイン)など多数。

富永晶子 とみなが・あきこ

翻訳家。獨協大学外国語学部英語学科卒業。訳書にブライアン・メイ『Queen in 3-D クイーン・フォト・バイオグラフィ』、ノーム・チョムスキー『壊れゆく世界の標』(NHK出版)などがある。

NHK出版新書 720

戦時から目覚めよ
未来なき今、何をなすべきか

2024年5月10日　第1刷発行

著者　スラヴォイ・ジジェク
訳者　富永晶子
発行者　松本浩司
発行所　NHK出版
〒150-0042 東京都渋谷区宇田川町10-3
電話 (0570) 009-321(問い合わせ) (0570) 000-321(注文)
https://www.nhk-book.co.jp (ホームページ)

ブックデザイン　albireo
印刷　新藤慶昌堂・近代美術
製本　藤田製本

Printed in Japan ISBN978-4-14-088720-2 C0236

NHK出版新書好評既刊

「植物の香り」のサイエンス
なぜ心と体が整うのか
塩田清二
竹ノ谷文子
ストレスや不安の軽減から集中力、記憶力など脳機能の向上、治りづらい疾患の緩和・予防まで。最新研究をもとに、第一人者がわかりやすく解説。
716

戦国武将を推理する
今村翔吾
三英傑(信長、秀吉、家康)から、『じんかん』の松永久秀や『八本目の槍』の石田三成まで、直木賞作家が徹底プロファイリング。彼らは何を賭けたのか。
717

哲学史入門I
古代ギリシアからルネサンスまで
斎藤哲也[編]
第一人者が西洋哲学史の大きな見取り図・重要論点をわかりやすく、そして面白く示す！シリーズ第一巻は、古代ギリシアからルネサンスまで。
718

哲学史入門II
デカルトからカント、ヘーゲルまで
斎藤哲也[編]
第二巻は、デカルトからドイツ観念論までの近代哲学を扱う。「人間の知性」と向き合ってきた知の巨人たちの思索の核心と軌跡に迫る！
719

戦時から目覚めよ
未来なき今、何をなすべきか
スラヴォイ・ジジェク
富永晶子[訳]
人類の破滅を防ぐための時間がもう残されていないとしたら——。現代思想の奇才がウクライナ戦争以後の世界の「常識」の本質をえぐり出す。
720

ヤマザキマリ　やまざき・まり
1967年生まれ。漫画家・文筆家。
17歳のときに渡伊、国立フィレンツェ・アカデミア美術学院で
油絵と美術史を専攻。エジプト、シリア、ポルトガル、米国を経て
各地で活動したのち、現在はイタリアと日本を拠点に置く。
1997年より漫画家として活動開始。
2010年、『テルマエ・ロマエ』（エンターブレイン）で第3回マンガ大賞、
第14回手塚治虫文化賞短編賞を受賞。
ほかの主な漫画作品に『スティーブ・ジョブズ』（講談社）、
『プリニウス』（とり・みきとの共作、新潮社）など。
エッセイに『ヴィオラ母さん——私を育てた破天荒な母・
リョウコ』（文藝春秋）のほか、
『国境のない生き方——私をつくった本と旅』（小学館新書）
『たちどまって考える』（中公新書ラクレ）など多数。
2015年度芸術選奨新人賞受賞、2019年、日本の漫画家として初めて
イタリア共和国星勲章・コメンダトーレを受章。
東京造形大学客員教授。

NHK出版新書 675

壁とともに生きる
わたしと「安部公房」

2022年5月10日　第1刷発行

著者　ヤマザキマリ

発行者　土井成紀
発行所　NHK出版
〒150-8081 東京都渋谷区宇田川町41-1
電話 (0570) 009-321（問い合わせ） (0570) 000-321（注文）
https://www.nhk-book.co.jp（ホームページ）
振替 00110-1-49701

ブックデザイン　albireo
印刷　壮光舎印刷・近代美術
製本　二葉製本

Printed in Japan ISBN978-4-14-088675-5 C0295